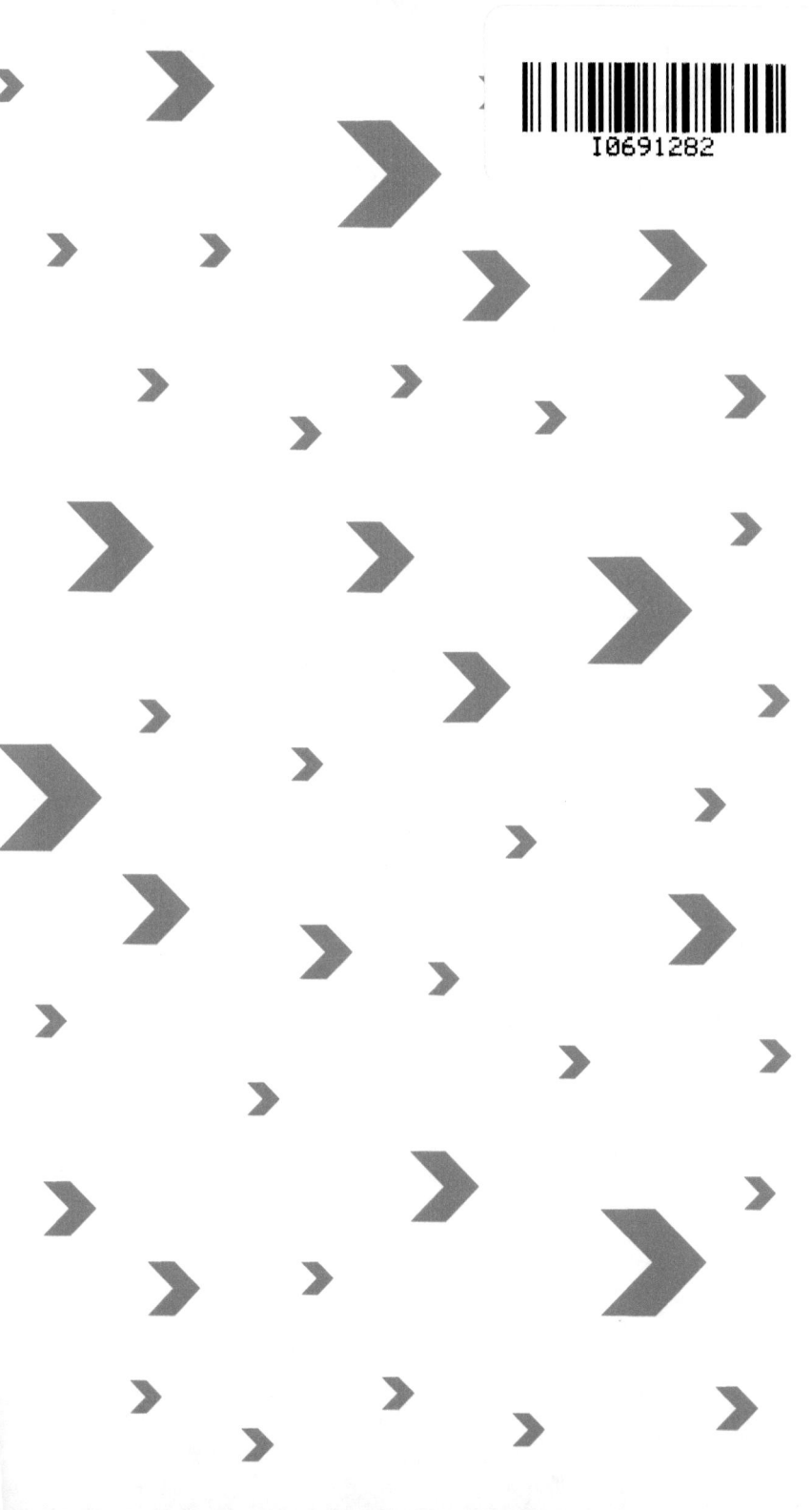

# HUMBERSTONE

Mónica Bustos

Humberstone
Mónica Bustos

Copyright © 2016 Mónica Bustos

Publicado en Estados Unidos por Pro Latina Press
www.prolatinapress.com

Segunda edición, 2022

Editora: Maria Amelia Martin
Diseño gráfico: Álvaro Dorigo
Imagen de portada: D. Keine

Library of Congress Control Number: 2022936076

ISBN 978-1-7377458-9-1

# HUMBERSTONE

Mónica Bustos

➤ Pro Latina Press

Pronto lo olvidarás todo, pronto serás
olvidado.

Piensa siempre que pronto no serás nadie
y no estarás en ningún lugar.

MARCO AURELIO

Dulce sombra abandonada en el corazón de Humberstone, aparición desolada y sedienta que todavía no conoce mi nombre, erguida detrás de tu propia puerta de Ishtar, perdoná las penumbras de la civilización y llevame contigo a esa mesa para cuatro, dejame escribir en la máquina del cuarto oscuro sobre los horrores de los pueblos habitados y las desentonadas canciones de sus habitantes con cuerdas vocales de piedra o sobre los petroglifos que vi en un asteroide. Poeta, ven a casa, tu risa te espera.

Niña perdida en el éxodo del desierto al otro lado de los Andes, vine a buscarte con una pluma, no conozco el idioma del vacío y esto es lo más cercano. Mostrame al dueño de tu alma, le traje un libro para que me lo cambie. El único libro que también los fantasmas pueden leer.

La última vez que tomé tu mano estábamos en este mismo lugar y todavía parece que ambos seguimos aquí. Te subo sobre los hombros y corremos como si alguien nos persiguiera, y la verdad es que algo nos persigue, nos quiere alcanzar, tu mano se hace más pequeña y resbaladiza. Le grito que se aleje, le arrojo piedras, nada le hace daño. No es como nosotros. Es peor. Es eterno. El vacío que dejaste es una punzada interminable que creo que se extenderá por el resto de mi vida. Tal vez, más allá.

—Oiga, a esta hora ya no se admiten visitantes —me dice el vigilante del pueblo.

—Lo sé. Solo estoy mirando porque se perdió mi hija —le digo—...en 1969.

Él no dice "lo siento" como otros a los que les conté lo mismo, pero a lo mejor él no es como los demás.

El que dice que aquí nunca llueve no cuenta la sangre. Cuando cae la noche en este desierto se puede escuchar el reclamo de los que vienen a recoger la suya, los espíritus de los caídos de la guerra pueden ser confundidos con peregrinos de la procesión de la Virgen del Carmen de La Tirana, vienen sin aliento pero igual se los sienten en la nuca. Más allá todavía arden los esclavos masacrados y por aquí crujen los huesos de los que no importaron. Pero no escucho tu voz.

En este lugar donde parece que el tiempo se detuvo hay una puerta a otra dimensión, está en la carnicería, aunque cuando estuve ahí no alcancé a ver nada. Cuentan que algunos entraron y nunca más salieron y otros salieron y nunca más entraron, como la deidad que se sintió cómoda con los pies sobre la tierra. Creo que mi niña se habrá escurrido entre los callejones, no le interesó la sala de teatro y por eso fue a jugar a la carnicería. No creo que las voces de las que hablan provengan de un espectro vestido de carnicero, creo que es el sonido lejano de otro mundo que nos llega como el eco de un vaso con dados y que cada uno lo interpreta a su manera, algunos escuchan voces en los ruidos de la carnicería, de la misma manera en que los psicóticos podrían asegurar que escuchan una orden de Dios en el sonido del motor de un auto encendido.

Mi último recurso es creer que todavía existen más lugares en los que no he buscado.

Quiero ver los cuerpos de los tres músicos escoceses a los que vine a buscar en 1969, de preferencia verlos andando, cada uno tocando su instrumento, pasando de largo sin pedir ayuda, con la misma ropa que hace quince años, con barbas y melenas largas y enredadas, la piel quemada, arrugada, tal vez uno de ellos con una barra de hierro atravesada bajo las costillas y adaptada a su anatomía de la forma más natural, como si fuera un miembro más.

Quiero mi gran historia, por la que vine en 1969, la de los cuerpos de los músicos desaparecidos, con el pueblo fantasma y su puerta a otra dimensión. O la versión con los indígenas caníbales que viven en cavernas bajo el mar, con el robo de los cuerpos, con el sobreviviente que no siente las piernas pero es totalmente consciente de todo lo que sucede a su alrededor y con esa expresión de horror al ser sumergido en el Pacífico.

—Todavía vienen —añadió uno de los trabajadores del observatorio que conocí en Atacama, sus compañeros asentían.

Me extrañó que no dijeran: "Existen". Reaccionaron de forma indiferente ante lo extraño, como quien se acostumbra a vivir con restos de fuselaje entre las costillas, lo extraño permaneció por tanto tiempo incrustado en sus mentes, que los demás conceptos se adaptaron a su presencia y cicatrizaron alrededor. Mi interrogatorio los incomodó, vi un inicio de fastidio en sus rostros, en la curva y turbulencia de sus labios, como si no supieran nada más pero quisieran saberlo todo y que de hacerles una pregunta más yo habría podido desmoronar sus carcasas y descubrir que eran unos impostores, no unos trabajadores de observatorio, sino espías comunistas o anfibios de marte.

¿Pero no es ese el comportamiento de cualquiera que ha visto algo que no aparece en la enciclopedia? Yo quería algo así en mi vida, ser parte de algo que no fuera científicamente comprobado, levantar las manos y agitarlas arriba gritando aleluya cada vez que el imaginario colectivo expandiera las posibilidades del mundo sensible.

La primera vez que regresé en 1974 alguien de Iquique, al que llegué por medio de un colega, me afirmó que fue testigo del robo de los cuerpos de los músicos que desaparecieron en el 69, los vio en el desierto el día del accidente, había visto a la avioneta perder altura y la siguió a caballo, cuando llegó vio a unos hombres sacando lo cuerpos de entre la chatarra todavía humeante, pensó en acercarse para ayudar a salvarlos pero presintió algo malo. Cargaron a los músicos sobre sus hombros, uno de ellos todavía se movía y consternado abría la boca y la voz no le salía, el testigo tuvo miedo, pero también sentía curiosidad, los siguió de lejos y me aseguró que hicieron entre cincuenta y sesenta kilómetros hasta que llegaron a una playa en donde los vio por última vez adentrándose en el mar. Obsesionado con ellos, investigó si había otras personas que hubiesen tenido una experiencia similar, encontró que una decena había escuchado una historia parecida, pero solo dos más en todo Chile tuvieron un encuentro cercano. Basándose en un escueto patrón concluyó que los indígenas, como los definió porque según dijo estaban desnudos y tenían tatuajes tribales en la cara, emergían cuando la marea estaba muy alta o antes de un sismo y que no es común verlos en la superficie, lo que de hecho sería una situación excepcional como ver a un tiburón arrastrándose por la playa. También descubrió que el Mayor General Horatio Gordon Robley, famoso coleccionador de Mokomokai, más de setenta años antes ya había mostrado interés en adquirir algunas cabezas de los indígenas submarinos, hecho que le permitía afirmar que la existencia de tal tribu se remontaba a varios siglos atrás, "o desde antes que los humanos", sentenció al último sin apoyarse en ninguna estadística ni evidencia, sino por puro exagerar.

—¿Llegó el Mayor a adquirir alguna cabeza? —pregunté.

—¿Cómo alguien podría cazar algo que no se ve?

Hoy diez años después de esa conversación esas palabras tienen otro significado para mí, aunque en ese momento pensé que era una simple respuesta a una pregunta estúpida. Pensaba que si un tiburón podía ser cazado, también se podía cazar a uno de esos humanoides. Lo volví a buscar y le propuse bucear con arpones, no había que esperar a verlos, según mi opinión había que buscarlos en donde se sabía que estaban. Él me miró de tal forma que entendí que hay profundidades inalcanzables para el hombre. Seguí elaborando planes para atraparlos e imaginando maneras de separar del grupo al menos a uno para tener más chances de capturarlo, pero también me preguntaba de qué color sería su sangre y si sería fría o no, y sobre todo si yo sería capaz de semejante atrocidad. Después de todo, qué hace que sea moralmente más aceptable pensar en cazar a un indígena submarino que a uno normal. Debe ser el escepticismo, no se puede sentir empatía, ni misericordia, por un ser cuya existencia es hipotética, cuando es así se siente lo que conviene, porque predomina el beneficio del que es. También puede influir la falsa idea de considerarse una raza superior, como diciendo que la vida de aquel equivale a la de un pescado, no sos como yo. Algo como lo que pensaron los colonizadores al llegar a América o los nazis. Si lo pensamos bien los índigenas normales, los terrestres, han sido y siguen siendo considerados inexistentes por algunos, con alma y sentimientos hipotéticos. Así se extinguen las etnias; los desplaza y extermina un sistema que no tiene lugar para ellos. Lo irónico es que, los demás que sí encajamos en ese sistema somos los que en verdad podemos compararnos a pescados, de esos secos, sin cabeza y sin entrañas, es que no hemos evolucionado de tal manera que podamos reconocer los anzuelos que generaciones y generaciones antes que nosotros han mordido, seguimos atraídos y engañados por los mismos. Somos el resultado final de un tipo de vida.

Al principio, me atrajo la idea de encontrar los cuerpos de los músicos y sobre todo, descubrir una nueva especie humana, pero asumí que la imposibilidad de cazarlos era definitiva y que a esos tres escoceses no los volveríamos a ver nunca más. Después de perder a mi niña el silencio en mi casa se me hizo fatal, empecé a tomar pastillas para dormir de noche, semanas después me di cuenta de que también necesitaba pastillas para mantenerme despierto de día, pastillas para la ansiedad, pastillas para sonreír, pastillas para las ganas de vivir, las cosas se volvieron deprimentes; antes, cuando miraba de reojo hacia la ventana solía ver pasar a Arthur Miller y Marilyn Monroe, desde que la perdí solo veo a dos monjas. Se me ocurrió que adquirir una cabeza tatuada sería una buena idea, al pensar en el Mayor Robley y su colección me imaginaba a mí mismo sentado con traje de buzo y un arpón sobre el hombro frente a una pared llena de cabezas colgadas como obras de arte, quería tener una distracción o tal vez compañía, posiblemente lo que en realidad quería era maoríes en mi sala con quienes hablar de cualquier cosa o quería a alguien sin importar quién fuera. Imaginaba las cabezas en mi pared y luego mi pared en el fondo el mar, quería las cabezas de los que no sabía si existían como una muestra para reconocerlos en la playa o en el desierto, era probable que tuvieran membranas entre los dedos de los pies y hasta branquias, no los vi pero me hubiese gustado poder distinguirlos entre la multitud y seguirlos desde el desierto hasta la playa, con la esperanza de que me llevaran hacia mi niña. La imaginaba ahí, respirando por un tanque de oxígeno hecho de huesos de ballena y algas, una señorita de veinte años a la que apenas podré reconocer y ella a mí, pero al vernos sabremos instántaneamente que nos pertenecemos. Su piel podría estar más gruesa y hasta puede ser que tenga alopecia o esté ciega y que ya no sepa quién soy, en ese caso yo simplemente tomaré su mano esperando que ella sonría, ella se retorcerá, pateará, saldrán burbujas gigantes de su boca, yo la observaré bajo la luz de mi linterna de buceo, también me asustaré, cómo podría recordarme sino como un sueño, cómo podría saber quién soy yo, y si lo llegara a saber, ¿me perdonará haberla perdido? Sus movimientos bruscos rompen su tanque de oxígeno y la tomo tan pronto entre mis brazos que no tiene tiempo de luchar contra mí, la llevo hasta arriba, la tiendo sobre la arena. Tiembla, tiene frío, ya se le olvidó cómo vivir en la superficie, le grito su nombre hasta que los pulmones me duelen, la agito para desperarla, lloro, ella se convierte en arena, vuelve a desaparecer, miro mis manos vacías, también yo me desvanezco y abro los ojos en mi casa, solo, mirando a dos monjas pasar junto a mi ventana.

Se suponía que Milton, un tipo duro con las manos aceitosas, era la persona que yo buscaba, su padre fue el destinatario de la carta del Mayor Robley en la que ofrecía una jugosa recompensa por la cabeza de un indígena de las aguas.

—No son indígenas —aclaró Milton—, vienen del futuro.

Estaba perdiendo mi tiempo. Creí entender entonces por qué su padre no pudo venderle ninguna cabeza al Mayor, no los había visto nunca, tampoco su hijo. Viajar del futuro al pasado es imposible; en cambio, la vida bajo el mar sucede. Pensé en retirarme sin agregar ni una sola palabra más, pero me dio curiosidad que me preguntara cuánto le daba por una. No tenía dinero en el bolsillo, pero sí en el banco y le prometí cierto monto. Él aceptó y fuimos a su casa, más bien era un monoambiente en un edificio vacío con los pisos superiores, el cuarto y el quinto, sin terminar. Olía como si alguien hubiera muerto ahí hacía semanas y nadie se había dado cuenta porque no tenían sentido del olfato, como si hubiese pasado un mes sin que nadie se preguntara por qué no regresaba el fulano; ahora parece solo una forma de decir, pero anduve con cuidado sobre la basura acumulada de su departamento para no pisar una mano o un pie. Parecía el departamento de un psicópata, alguien sin habilidad para relacionarse con otros seres humanos, apenas capaz de armarse un cascarón repelente de gente, a quien no le temblaría la mano para deshacerse de un intruso, yo podía ser ese muerto bajo su basura al que nadie extrañaba, sabía que debía irme si apreciaba mi vida pero había una especie de resignación de mi parte, una sensación que todavía me asusta, el extraño deseo que sentí de quedarme con él esperando que haga lo suyo, estaba saltando frente a una pistola con la intención de atrapar la bala con los dientes y posiblemente en el último milisegundo decidiría abrir más la boca y sonreír. Estaba fuera de control, mis pies se movían hacia el abismo y mi cerebro no se lo discutía porque también quería ver qué había más allá, me gustaría decir que me habían hipnotizado para convertirme en presa fácil, que Milton usaba su poder mental contra mí y que yo avan zaba como un dibujo animado por la plancha de un barco pirata y que no tenía opción más que lanzarme a las fauces del caimán o regalarle mi espalda al pirata para que envainara su espada. Pudo haber sido mi cuerpo el que apestaba en ese edificio, perdido para siempre entre botellas de coca-cola y cajas de cigarrillos. Esperé en vano el show del diablo, Milton colocó frente a mí una caja tan elegante que no concordaba con el entorno. Medía unos sesenta centímetros, suficientemente grande como para guardar una cabeza humana. Era de caoba con bisagras doradas, fino acabado con relieves y molduras. Me dijo que la había hecho él mismo, no lo veía dedicándose a las manualidades ni a tantos detalles, pero tampoco podía descifrar en sus gestos si bromeaba, su confuso rostro era redondo como el de un bebé y arrugado como el de un anciano, no mostraba ninguna expresión.

Bajó sus manos sobre la caja para abrirla, mi corazón empezó a latir más rápido, le pregunté si lo escuchaba, movió la cabeza de una forma rara, como si intentara escuchar. Le pedí un vaso de agua antes de que la abriera, mientras me la bebía indagué cómo el Mayor Robley conocía a su padre, me contó que debía ser porque que era un famoso cazador, hasta salió en una publicación regional en 1896, tenía apenas 18 años y ya había cazado un guallipén.

—No se ría, ¿o quiere que su hijo le salga deforme?

La fotografía estaba casi desteñida pero quedaban suficientes marcas de tintas y contrastes como para distinguir las perturbadoras figuras, el muchacho con cara redondeada como la de su hijo tenía la mirada perdida, sombrero y pañuelo ajustado al cuello, sostenía a un ternero malformado, me dio la sensación de que era una de esas fotografías póstumas, pero él me aseguró que ese era su padre y que aunque él estaba vivo cuando le tomaron la foto, el ternero no; para mí, los dos tenían la misma mirada. Podría decir que la imagen solo podía causar dos emociones bien diferentes, risa o miedo, en mi caso ambas al mismo tiempo, pero para algunos, en aquella época, representó la admirable prueba de que alguien cazó una criatura mitológica. Me habló de la naturaleza anfibia de un guallipén, imaginé a una vaca depositando huevos en el agua, me pareció ridículo, hasta que pensé en los seres acuáticos que yo buscaba, ellos podían vivir en el agua o salir a andar por la tierra como reptiles, me pregunté si había todo otro mundo debajo del mar, con sus ovejas, sus vacas, sus oficinas, sus pasteles de cumpleaños, sus gobernantes, sus vagabundos, sus extraños sujetos que viven en un edificio vacío con olor a putrefacción, con montañas de basura alrededor. En ese mundo paralelo el inquilino del monoambiente tendría tatuajes en la cara y adentro de la caja de caoba estaría una cabeza como la mía.

—Podés abrirla —le dije.

Abrió la caja lentamente, se me escapó un quejido agudo y corto, gutural, pero antes de poder arrepentirme o taparme los ojos la vi, había pensado en ella día y noche, pero mi preparación no fue suficiente como para no sorprenderme. Una cabeza sin ojos, mucho cabello rubio enrulado, la piel parecía de cartón y los tatuajes dibujos con marcadores, estaba conservada en perfecto estado, excepto por la nariz que no tenía tabique, supongo que debe ser difícil conservarla al remover la piel del cráneo para secarla.

La llevé a mi cuarto de hotel, le puse Tom, no pensaba colgarla a una pared como un trofeo, de hecho esperé semanas para volver a abrila, no la habría comprado de no haber viajado en mi propio vehículo, hubiese sido una experiencia incómoda pasar la caja por rayos x en el aeropuerto; sin embargo, igual existía la posibilidad de que encontraran a Tom en la aduana al cruzar la frontera. La compré porque quería saber cómo se veían, ahora sabía que eran rubios y que los tatuajes eran círculos como los que hacen los alienígenas en los campos. Tenerlo en el hotel me causaba cierta incomodidad, aun sin que tuviera la caja a la vista, todo el tiempo, mientras comía, veía la televisión o me bañaba era consciente de que estaba compartiendo la suite con un cadáver disecado. Semanas después de empezar a convivir con Tom empecé a sentirme enfermo, primero fueron síntomas leves: ocasionales dolores de estómago, náuseas, breves dolores de cabeza, no les di importancia, hasta que me salieron ronchas por todo el cuerpo, creo que la palabra correcta para el tipo de urticaria que me apareció es dermografía, líneas finas que a veces se unían y formaban dibujos o letras, las ronchas más frecuentes tenían forma de cruz, mi cabello empezó a caer en proporciones anormales, nunca antes me había pasado, de pronto sentía picazón en la cabeza y al rascarme se soltaba un mechón de pelo, tenía evacuaciones líquidas y negras varias veces al día, además en dos meses perdí cinco kilos. Es cierto que no podía terminar siquiera el capítulo de una novela en quince años, pero Tom lo empeoró todo, había momentos en los que no podía recordar siquiera cuál era el nombre de algunas letras o cómo usar el teclado, me desesperé, estaba perdiendo mis capacidades físicas y cognitivas. Fui a ver a un doctor, me solicitó análisis de sangre, de heces, de orina, pero no encontraron nada. Me recomendó a un psicólogo pero nunca fui a verlo, en el fondo todo ese tiempo supe lo que me pasaba. Cerré la puerta de mi habitación, siempre vacía, dejé caer las llaves, encendí un velador, ninguna otra luz, me puse guantes de goma, de esos que usan para hacer la limpieza, volteé un jarrón de flores artificiales y cayó un fajo de billetes y una pequeña llave, la tomé, arrimé una butaca al placard, subí y abrí el compartimiento superior. Tomé la caja de caoba y la bajé.

—¿Me estás haciendo esto? —le pregunté a Tom.

Pero él no tenía ojos ni lengua, busqué la respuesta en sus gruesas costuras, iguales a las de una cartera remendada, pero no me decían nada. Solo estaba clara una cosa, que yo le tenía miedo y ya no podía seguir viviendo con él. Pensé que simplemente podía arrojarlo a la basura, meter la caja en una bolsa negra, sacarla a la vereda y esperar que el camión de la basura se deshiciera de mi problema. Los recolectores se la llevarían, tal vez notarían el peso y las dimensiones de la caja, su fino acabado y querrían darle un vistazo esperando encontrarse con alguna reliquia antigua que todavía valiera algo en el mercado de pulgas, pero se encontrarían con una cabeza humana, ellos no sabrían que podría ser alienígena, la policía vendría al hotel a hacer todo tipo de preguntas, yo les diría que es la cabeza de un indígena submarino cuya existencia no es comprobable, que lo cazó un iquiqueño para un sujeto que murió en 1902, que yo la tenía porque pensé que podía conversar con él pero que la tiré a la basura porque estaba maldita y me enfermaba.

Entre tanta basura uno creería que nadie sabría quién arrojó qué cosa, pero podría haber cámaras de vigilancia o testigos oculares, quedaría preso en un país que no es el mío quién sabe por cuánto tiempo. Pensé en licuarla y derramar el macabro brebaje por la ventana, pero si Tom estaba enojado porque su cabeza era un objeto de colección, podría enojarse aún más si yo licuara lo que resta de él y perseguirme hasta la muerte. Como no tenía cráneo, sino que era como un casco, se me ocurrió venderla a una tienda de alquileres de disfraces, pero la verdad era que no tenía una mente tan retorcida y cruel como para hacer que alguien usara esa cara como máscara. Lo metí en la valijera y fui a ver a Milton.

Esa noche pensaba en lo que soñé la noche anterior, me pareció fascinante, era la clase de historias que yo no podía escribir, monótona, rutinaria, asfixiante, simple, maravilloso en cuanto a predecible, soñé que yo era otro hombre, un vendedor de pan en un lugar llamado Tierra Adentro, solo los vendía no los hacía, me los traían de la fábrica de panificados que los elaboraba bajo licencia de una marca extranjera, todo el sueño estaba lleno de esos detalles insulsos y de esos pequeños momentos en el que el hombre común reflexiona sobre su vida, me planteaba si quería hacer lo mismo para siempre o hacer algo más con mi vida para que la muerte no me borrara de la historia, quién me recordaría, tenía esos cuestionamientos existenciales, creo que tenía la oportunidad de pensar en esas cosas porque no tenía clientes que me distrajeran, frente a mi tienda había una panadería grande, ellos sí hacían los panes en el día y la gente prefería comprarlos ahí, un día vi que hasta mi madre compraba enfrente, esa clase de pequeños sucesos cotidianos que parecerían no ser relevantes pero que dentro de mi ntimo mundo definieron mi mediocre existencia onírica, el pan simbolizaba la cotidianeidad y a la vez era todo lo que yo tenía, las hormigas deshicieron los panes enmohecidos frente a mis ojos y se llevaron las partes, es una espectacular metáfora de la vida, un día los gusanos me llevarían y desaparecerán todo lo que reste de mí,

que es lo físico, no alcancé otro plano. Mi única escapatoria de ese
agobiante destino era, según yo, un viaje a Buenos Aires, ¿por qué
esa ciudad?, me pregunté despierto, por qué no Torres del Paine
o Viena, porque yo era simple, porque iba a lo seguro, porque en
esa dimensión era lo lógico. Ahorré lentamente durante tres años
y me alcanzó para el pasaje de ida en autobús, pero no me sobraba
ni siquiera para alojamiento, no conocía a nadie allá, había días en
los que no pasaba nada, me sentaba en la calle mirando a la gente
pasar, no hacía nada, no sabía cómo buscar trabajo, deambulando
di con una construcción, vi hombres de diferentes edades entre
quince y setenta años, quemados por el sol, seguían la orden de
uno, me pareció algo que yo podía hacer, pregunté si necesitaban
ayuda, me dijeron que no había nada importante para hacer, pero
que me daban un peso por día si ayudaba a cargar unos costales,
trabajé así algunos meses, no pasó nada interesante nunca, no nació
ni murió nadie, ni siquiera contaban algún chiste divertido, vi la
rutina sin sentido de las personas que pasan desapercibidas en las
grandes ciudades, lo más emocionante que sucedió fue mi cumpleaños, los compañeros trajeron una torta que hizo la esposa de
uno de ellos, sentí una emoción estúpida simplemente porque me
festejaron el cumpleaños, pero a la noche me quedé solo otra vez,
dormí en la construcción con una pequeña sobra de torta, mirando
las estrellas, jurándome que haría algo más para salir adelante, al
día siguiente no me presenté a trabajar, no tenía siquiera las aga-
llas para renunciar, tampoco me interesaba quedar bien con nadie,
fui a bares a preguntar si necesitaban ayuda, me dijeron que no
varias veces, pronuncié las mismas palabras una y otra vez, hasta
que alguien por fin dijo que necesitaban un mozo, en ese momento
cualquiera podría pensar que mi vida iba a cambiar, que yo podría
tener uno de esos sueños comunes como ser actor o futbolista, pero
no, yo solo quería ahorrar para regresar a Tierra Adentro; ahora
al recordar este sueño no lo logro entender y mientras lo soñaba
tampoco entendía, debe ser porque a veces uno espera encontrarle

sentido a las cosas y cuando no hay nada quedamos como frente a un abismo, porque el cerebro no está diseñado para entender la nada, por eso me resultó fascinante soñar con una existencia simple que no podía por sí mismo imaginar un deseo así como no podía hacer su propio pan. Recuerdo que me di cuenta que transcurrieron tres años monótonos mientras estaba acostado en mi cama en el hotel y a la vez sirviendo cafecitos en Buenos Aires y que el hombre sirviendo cafecitos se soñaba en Tierra Adentro y el de Tierra Adentro tampoco quería estar en donde estaba pero no tenía la habilidad de crear su propio sueño, esperaba que alguien le contara el suyo, agonía del ser, sentía la presión en mi pecho aun estando acostado, me asfixiaba la idea de no recordar cómo despertar, mientras mi doble en Buenos Aires pasó tres años subiendo las sillas sobre las mesas cada noche, bajándolas por las mañanas, aguantando reclamos de los clientes, que si algo estaba frío o muy caliente, aunque a él nada le interesaba, era un robot con las emociones oxidadas. Esos tres años pasaron en una noche, tal vez mi sueño duró dos minutos o tres horas, quizá nuestras vidas enteras también duran media hora en una noche larga en el sueño de otro que ahora mismo se descubre espectador de mi vida, pero no me puede hablar, ni yo a él, estamos muy lejos, a un dedo de distancia, tal vez si abriéramos la puerta escondida en Humberstone podamos darnos la mano.

Tres años después, luego de pagar todo lo que debía por el alquiler del cuarto de madera y chapa de la villa, me di cuenta de que tenía suficiente dinero como para regresar a Tierra Adentro. Al regresar descubrí que mi tienda ya era atendida por otro, tenía un hermano y él estaba vendiendo mi pan, tuve que pedir trabajo en la panadería de enfrente, la grande, pero no había ninguna vacante, y además yo no tenía conocimientos en la elaboración del pan, ni tampoco habilidades para la caja, no tenía nada para ofrecer, lo único disponible para mí era un pequeño trabajo con la menor remuneración de mi vida, era empaquetar los panes. La belleza de lo ordinario. No me sentía satisfecho ni defraudado, la repetición de actos aniquiló mi alma, sólo respondía a las directrices pegadas en una pared.

En este sueño pensaba la noche en que regresé a la casa de Milton, la calle estaba vacía, o eso parecía, empezó a lloviznar gradualmente, al principio tan tenue como si se tratara del viento sacudiendo árboles mojados, apagué el motor, levanté los cristales, rápidamente se empañaron, no bajé de inmediato porque vi las luces de su departamento apagadas. Me abstraje en preguntas que podrían parecer irrelevantes pero en realidad eran trascendentales: quién le lavaba la ropa a Milton, lo hacía él o nunca la lavaba. Lo último me pareció lo más probable, al menos era lo que yo había notado estando junto a él. Limpié el parabrisas con una mano y me llamó la atención una luz en el primer piso del edificio, lentamente moví el auto hacia adelante. No lo había notado la primera vez que estuve ahí, pero había un salón de belleza en la planta baja, debía de tener menos de diez metros cuadrados, tenía una silla giratoria con reposapiés, no tenía cartel, pero podía ver cepillos y espejos desde donde estaba. La mujer que cerraba la puerta era alta y a esa altura natural le añadió plataformas. Su ropa era ajustada, brillante, su pelo rizado, tan abundante que le agregaba otros diez centímetros para arriba. Volteó ligeramente como tomando sus precauciones, subió el cierre de su chaleco, había algo singular en su rostro, un halo de magia, caminaba torpemente pero con cierta gracia, como si ese no hubiese sido su cuerpo toda la vida pero lo había querido siempre, encendió un cigarrillo y emprendió una caminata que auguraba ser larga. La seguí sin dudar, pensando en la posibilidad de que esa noche hubiera estado ahí solo para llevarla a casa, ella caminó más rápido, yo aceleré, ella se detuvo, se acercó a la ventanilla y cuando abrí para saludarla extendió su mano hacia mí, sostenía una navaja, le pedí por favor que no la usara contra mí, solo quería llevarla a casa, ella dijo que no me necesitaba y siguió caminando. No quería insistir, miré al frente pensando en seguir mi camino y aceleré pero sopesé que estaría solo en mi habitación.

—¿Conocés a Milton? —le pregunté.

Ella dejó de caminar, también yo dejé de acelerar, se acercó sin miedo y me preguntó cómo lo conocía, le hice creer que escribía sobre su padre. Ella sonrió, su boca era grande, sus labios finos, pero salía luz de su garganta.

—Milton no está en su casa. Pero puedes llevarme a la mía —dijo al abrir la puerta.

Cuando se sentó a mi lado mi corazón empezó a latir con fuerza, como si un ángel tocara la batería.

Su nombre era Dalila. Conocía a Milton desde hacía años, dijo que él era un cliente regular, casi juré que me iba a decir que era una prostituta pero no se refería a esa clase de clientes, solía cortarle el cabello y también venderle cosas, no especificó qué cosas ni le pregunté porque en realidad no me interesaba. Por mi parte, no le conté de la cabeza que estaba en el mismo auto que nosotros, repetí que escribía sobre el padre de Milton, me preguntó cómo se llamaba y yo traté de recordar aquella antigua foto con el ternero, como si su rostro gritara su nombre, no recordaba haber leído cómo se llamaba.

—Se llamaba Jesús —le dije tras una larga pausa.

Después me di cuenta de que si ella conocía a Milton tal vez sabía el verdadero nombre de su padre y que posiblemente solo me estaba probando para ver si yo decía la verdad, me sudaron las manos, el volante estaba mojado, pensé que ella se daría cuenta de mis mentiras de mi miedo y que se asustaría y saltaría del auto. Pero Dalila siguió fumando, sacando la cabeza por la ventana, me encandiló su melena atravesando el humo, el viento, la exigua lluvia, no le importaba el nombre del padre de Milton, no pensaba en eso. Me quería a mí. Su mandíbula fuerte, cuadrada, rompía el aire. Ni siquiera recuerdo cómo llegamos a mi hotel porque yo no aparté mi mirada de su figura, sus hombros gruesos con cicatrices ocultadas por tatuajes de marinero, lucía anclas, timones, conchas, caracoles.

No me reclamó por no llevarla a su casa, mejor accedió a tomar brandy conmigo.

—¿Qué clase de escritor puede pagar por una suite con jacuzzi en el balcón? —preguntó arrojando su cigarrillo al agua, no entendí si estaba impresionada o solo estaba siendo irónica.

—Uno bueno —le dije.

Pero le mentía otra vez, yo no era uno bueno, ni siquiera podía recordar en qué estaba trabajando, no había publicado nada hacía años, había una fracción de tiempo en mi vida que se había desvanecido, esporádicamente recordaba instantes, como recuerdo ahora ese momento, estábamos sentados bebiendo y riéndonos, de pronto me levanté y salí al balcón, señalé no sé a dónde, ella se paró detrás de mí y me dijo: "Lo siento". Tal vez le conté que había una niña en mi vida, a la que perdí.

Me metí al jacuzzi con toda mi ropa, burbujeaba y estaba caliente, su cigarrillo se deshizo sobre mí, me permití llorar, gritar, lamentar no recordar en ese momento si la niña que perdí era una persona o era algo que había dentro de mí. Ella también se metió al agua con la ropa puesta y sin soltar el vaso. Un géiser de lentejuelas se formó sobre su ombligo. En mi desesperación quise besarla sin decir nada más, me lancé sobre ella y me apartó con el vaso vacío.

—Tengo que confesarte algo —dijo.

No podía esperar, pronto me olvidaría también de ella. Bajó el cierre de su chaleco, lo primero que vi fue su cicatriz, me recordó a las costuras de la cabeza de Tom.

—No siempre fui mujer.

La miré a los ojos, ella mentía. Eran los ojos de una mujer. Me sentí vulnerable, ella debió de sentirse igual. Junté sus manos y las puse sobre mi corazón. Yo no tenía a nadie más. Ella debió de sentir pena por mí, me abrazó.

—Tu nombre es Dalila —le dije.

Tomó mis manos, su piel era rasposa y sus uñas largas. Su confesión no había terminado.

—Nací en el cuerpo equivocado. Yo era una sirena.

Se quitó los pantalones y vi las cicatrices en la parte interna de sus muslos.

—Antes vivía en un acuario.

No pude evitar pensar en los indígenas submarinos, era posible que ella los conociera, que fuera hija de uno de ellos, me pregunté si tenía la cabeza de uno de sus hermanos en la valijera de mi coche.

—¿En qué piensas? ¿Quieres que me vaya? Se volvió a poner los pantalones.

—Quedate, por favor, no me importa que antes hayas sido sirena.

—En realidad, me parecía más a un delfín. Los que me miraban estaban convencidos de que yo era un delfín con el don del habla. Pero por dentro, yo sabía que era una mujer. Nunca fui un delfín completo, no respiraba bajo el agua como podrías creer, tenía una malformación congénita.

—¿Tu madre vio al guallipén?

Ella rio, sus facciones se relajaron nuevamente, se hundió en el agua hasta los hombros. También yo me relajé, si no respiraba bajo el agua significaba que estaba equivocado sobre ella. Continuó diciendo que también suponía que su madre vio al guallipén y éste a ella, bromeó con que tal vez sus dos padres eran seres mitológicos y que por eso ella nunca los pudo ver, aclaró que nunca los conoció. La historia que le contaron quienes la adoptaron ubicaba su nacimiento en 1959, es decir, que la había conocido a los veinticinco años; sin embargo, me pareció que debía de tener un poco más, treintaitrés, treintaicuatro mínimo, pero quién podía saberlo con certeza, la palabra de los padres adoptivos era todo lo que tenía. La habían encontrado en un estanque dentro de su propiedad, el que más tarde convirtieron en la atracción principal del acuario. Se crio en un acuario aunque siempre supo era una mujer, no tenía alternativa, no podía pararse y salir caminando, dependía de los otros, necesitaba que la ayudaran a convertirse en mujer. Se los dijo a sus padres adoptivos, pero ellos no estaban seguros de querer interferir en la obra de Dios.

—¿Dios? Yo era una broma pesada, no creo ser obra de alguien bueno. Yo fui creación del diablo —dijo enérgicamente.

Pensé en los diablos sueltos de Tarapacá, a los que había visto bailando en el desierto, imaginé a los padres de Dalila entre ellos. Lo único que hice fue tomar su mano y guardar silencio. Su boca ondulaba yendo del llanto a la risa, hasta sus párpados temblaban, el maquillaje se le había corrido. La abracé fuerte, no quería que se esfumara y ella desolada me confesó que se humilló dándoles a los que pagaban las entradas lo que querían ver con el propósito de juntar el dinero para las cirugías.

—Fui un monstruo.

Suspiró mientras recordaba, decía que sus padres adoptivos siempre la amaron y que por eso no se habían quedado con el dinero que ganaron con el espectáculo, aunque le suplicaron que no lo usara en cirugías para modificar su cuerpo. Quise decirle que eso no era amor, pero no lo hice para no arrebatarle lo único que tenía, y lloré porque ella creyó en ellos y los amó, también lloré porque de todas formas ella se sometió a las cirugías prohibidas y porque para no defraudarlos no los volvió a ver y seguí llorando porque siguió hablando, me tapé los oídos pero ella gritaba para asegurarse de que yo supiera que la dejaron con un delfín en el estanque durante tres días esperando que se procrearan, me sumergí por debajo de las burbujas y agité mis brazos como borrando lo que ella escribió en el agua, pero ya estaba escrito en su pasado y el dolor era imborrable, grité y solo emití burbujas, ¿acaso también yo fui mujer? Me estaba volviendo loco, todavía la escuchaba, decía que ella no era un animal, escuché frases cortas, luego palabras, doce cirugías, huesos de cadáveres, tornillos, dolor, incapacidad, al final solo oí un ruido largo y constante, el motor del hidromasaje, pude verla haciéndose pequeña, se volvió rápidamente una silueta diminuta, las cirugías se

deshacían y se deformaba nuevamente, se hundía y se transforma-
ba, tragamos agua para ahogarnos, nos hicimos tan pequeños que
llegamos al fondo del océano, ella tenía piernas, había una ciudad
sumergida, ruinas cubiertas de algas, corríamos, no podíamos ahogarnos y queríamos morir. Cuando abrí los ojos estaba mojado en la
cama del hotel y Dalila sobre mí presionando mi pecho con ambas
manos, resucitándome, me ordenaba que no muriera. La veía borrosa, pero la veía, la escuchaba lejana, pero la escuchaba, se oía hasta
su corazón. Vi en sus ojos que todavía amaba a esas personas que
la encontraron en el estanque, que la alimentaron con peces crudos
y que hicieron un bonito afiche para que la gente supiera cuánto
costaba verla, no podía juzgarlos, qué podía saber yo de paternidad.

—Necesito ver a Milton —fue lo primero que dije después de
expulsar toda el agua de mis pulmones.

Ella asintió apresurada, su barbilla rebotaba arriba y abajo, me
cubrió con la sábana, los dos estábamos asustados.

No hablamos en todo el camino, regresamos al edificio de Milton pero él todavía no había llegado, esperamos en el auto frente a
su puerta, recién en ese momento me preguntó cuál era mi historia.

—No me acuerdo —dije.

Tal vez no me creyó, tomó mi mano y yo la apreté con necesidad, supongo que nos amamos por unos minutos, un amor loco y
desesperado que desde su origen ya estaba resignado a su extinción,
sabíamos que no volveríamos a vernos y no teníamos objeción.

Quise saber cuáles eran sus negocios con Milton, podíamos hablar de eso mientras esperábamos, pero ella fue cortante, lo único
que mencionó fue que le vendía cabello. Tardó un poco en con-
tarme que lo robaba en la calle y me enseñó las tijeras, nos reímos,
nos besamos y antes de que algo en nosotros cambiara decidimos
despedirnos, ineludiblemente volveríamos a ser nosotros, dos des-
conocidos que desconfiaban el uno del otro.

La llevé a su casa, observó mis manos como una quiromántica,
tocó los relieves rojizos en mi piel que iban formando cruces. Me

preguntó a qué le tenía alergia, respondí que no era eso, que algo me perseguía y quería destruirme, por eso tenía que ver a Milton.

—Al que tienes que ver es al cocohuelle.

—¿Qué es eso?

—Un duende que vive en las montañas, un adivino, podrá aclararte tu pasado, hasta podría decirte cómo encontrar a la niña que perdiste.

—Y a los tres músicos... —murmuré.

Me dijo que tenía que ir a buscarlo, llamarlo tres veces, hacer ayuno durante cuarenta días y cuarenta noches y cruzar los dedos para que él o ella, posiblemente un eso, quisiera verme. Ella nunca lo había buscado, pero le contaron que su presencia incomodaba, y que tomaba muestras de piel para la clarividencia. Aunque ya sabía lo que me enfermaba: la cabeza que llevaba en el auto. Me pareció que Dalila tenía razón en que necesitaba que alguien me aclarara el pasado.

Me besó en la frente. Su casa era oscura, la puerta más baja que ella, tenía que agachar la cabeza para entrar. No era un lugar lindo para vivir, pero al menos no era un acuario.

Quedé desamparado. Decidí empacar mis cosas, abandonar algunas, entre ellas la cabeza, se me ocurrió que podía dejarla en el desierto, enterrarla, que descansara en paz y también me dejara en paz a mí. Nadie la hubiese encontrado jamás, pero no fue tan simple, pudo serlo, si me hubiera ceñido al plan y no me hubiese parecido gracioso dejarla en Humberstone. Es curioso, las cosas más peligrosas te parecen simpáticas cuando estás delirando.

Cuando llegué me palpé la cara porque la sentí húmeda, pensé que era sudor, pero estaba sangrando por los lagrimales, era una señal de que a Tom no le gustaba lo que yo estaba por a hacer, pateé el polvo y le grité que no podía ignorar la belleza de aquella broma: una cabeza con tatuajes, sin ojos ni nariz, en medio de un pueblo fantasma. Moría por ver la cara de los visitantes. Entré altivo con la caja en manos, los visitantes que se encontraban ahí no intentaron filmarme ni fotografiarme, después de todo solo era un hombre con una caja bonita, tenía todo el derecho a meter una cabeza maldita adonde yo quisiera, pero sentí que se apartaban y me miraban cautelosamente, seguramente habían escuchado historias de apariciones en Humberstone.

Coloqué la caja en el escenario del viejo teatro, me senté en la primera fila y quedé mirándola por un rato, algo faltaba. Abrí la caja. Mientras caminaba hacia afuera sentía cómo la fiebre se iba y con ella la diversión, la broma ya no era tan graciosa. Era una escena triste de una película que no quería ver. Y yo era la estrella.

—Señor, no puede dejar esto aquí —dijo un hombre que caminaba hacia mí con la caja abierta.

El contenido no lo asustó, ni siquiera lo sorprendió, era indiferente a lo que había en sus manos. Tomé de vuelta la caja. También yo había oído de las apariciones en Humberstone.

Decían que se había vuelto loco, si lo hubiese planeado mejor habrían dicho que estaba muerto. Le gritó a un periodista que quería despellejarlo vivo, éste solamente le había pedido una entrevista. Tenía que ver con la soledad. Todo lo que había hecho en los últimos quince años se había borrado, ahora era un espejismo, la luz de una estrella muerta. Él mismo, aunque continuaba existiendo se desvanecía un poco más cada vez que lo miraban. No se podría decir que nunca planeó su falsa muerte, durante algún tiempo garabateó en un cuaderno privado algunas ideas para llevarla a cabo: desde el clásico cuerpo incinerado hasta la del mago que lo parte en dos. Le entristecía pensar en lo fácil que sería convencer a sus conocidos, bastaba un rumor, ni siquiera un funeral, para que lo den por muerto. Tal vez un cuerpo partido en dos para satisfacer a la prensa. Retomaba a las ideas más sencillas y menos sensacionalistas, un paro cardiaco mientras dormía. "Libertad", escribió en una página entera y se imaginó vestido de blanco con un cigarro en la boca navegando por los siete mares, escribiendo solo para él, sin que nadie cuestionara su magia, y su muerte, su auténtica muerte, habría de ser poética como la del capitán momificado en su barco, petrificado en un escritorio con una pluma en la mano, sin que nadie nunca supiera su verdadera identidad. Pero inclusive para fingir muertes se necesita mucho dinero, para el montaje y la desaparición, así que por eso hacía lo que tenía que hacer, cargar la lapicera y disparar. Lo bueno era llegar a los lectores, lo malo era terminar como guía práctica para los que no necesitaban letras, sino ser algo, no alguien, algo, cualquier cosa con tal de no ser ellos mismos, esos que se pasaban preguntando cómo lo había hecho y querían ver cómo era la mano dentro del títere. Recordó cuando le contaba a una periodista que en Humberstone perdió a su niña, ella preguntó:

—¿Cuánto cuesta el auto con el que viajó a Chile?

Y lo preguntó en serio.

Un día llorando en Humberstone por todo lo que había perdido y lo poco que importaba todo lo que quedaba, alguien se acercó a él y le dijo:

—Tenía que ver con la soledad, lo sé porque yo también estoy muy solo y entiendo perfectamente cómo se sienten las mariposas en el fondo del mar y los riachuelos que no terminan en ningún lugar y las palomitas de goma que arden en el fuego. Lo sé.

Y se abrazaron.

En eso pensaba antes de entregar las llaves de su habitación, antes de empacar sus cosas y de decidir dejar una cabeza en un espacio público. No quería regresar a casa, no quería ir a ningún lugar que tuviera teléfono, no quería ser encontrado. No necesitaba escuchar su propio nombre, su propia voz, después de todo, para eso escribía. Lo que podían decir de él que lo dijeran en la cordillera, que se lo gritaran en la cara los sabios cóndores que lo han visto todo y que se lo guardaran bien profundo los que nunca volaron alto. Se bañó en las aguas termales en la ladera de un volcán y tardó tres días en llegar a la cumbre sin los implementos adecuados, solo con la ayuda de un culpeo que lo cargó en su lomo cuando perdió el conocimiento a más de cinco mil metros de altura, cuando recuperó la conciencia le rezó a la risa del piadoso cocohuelle y pronunció su nombre tres veces. Todavía no pasaba nada, siguieron su ascenso, a veces él cargaba al culpeo, a veces ninguno cargaba a nadie, a veces ambos dormían, a veces pisaban mal y se desmoronaban las pendientes, en la parte final del ascenso el viento soplaba con fuerza y se enfrentaban a un clima tormentoso, una vez sintió una presencia observándolos y vio de reojo que era alguien alto y totalmente blanco, hubo un momento en el que deseó rendirse ante la naturaleza, se sentó y permitió que la nieve cubriera la mitad de su cuerpo, dijo que no se levantaría nunca más, pero su espíritu no lo escuchó. En un parpadeo estuvo en la cima, el culpeo se fue sin que él se diera cuenta. Estando ahí pensó en la pareja que había desaparecido un año atrás en el Aconcagua, a más de seis mil metros de altura, antes de iniciar su aventura escuchó que acababan de encontrar el cuerpo del hombre, decían que éste tenía los ojos y la boca abierta y alguien hasta aseguró que lo vio y que era una inconfundible mueca de terror, que había visto muchos cadáveres de gente que murió congelada y ninguno tenía esa expresión. Aunque eso no le quitó las ganas de llegar a la cumbre del volcán, no podía dejar de pensar en ellos, especialmente en la mujer que continuaba desaparecida.

Descendió sin ayuda, lo único que tuvo que hacer fue cerrar los ojos y dejarse llevar, sentado en el desierto durante cuarenta días y treintainueve noches se despojó de todo el peso que no le permitía flotar y se soñó cayendo del volcán, le gustó cómo se veía la noche estrellada mientras caía de espaldas, a medida que su cuerpo se acercaba al desierto más cercanas se veían las estrellas. Conocía a muchas personas que siempre estaban diciendo que el tiempo pasaba muy rápido cuando hacían lo que le gustaba, él sabía que no era solo para ellos, en general las horas pasaban rápido dejando en el pasado todo lo actual sin mirar atrás, como lo hizo el culpeo. Pero había un lugar en el que el tiempo se había detenido, el lugar que no era lugar sino una fracción de tiempo.

La furia de su cuerpo fue barrida, todo lo que perdió y todo lo que ganó, lo que hizo y no hizo, su nombre, su voz, la geometría de su rostro, todo se juntó y se formó un estepicursor que se alejó rodando como si tomara impulso y voló y se desplazó como el esqueleto de una nube hasta los salares y se partió en doce partes que se convirtieron en flamencos que volaron hasta desaparecer.

—No sabes quienes somos… Volveremos.

Ni aun escuchando voces abrió los ojos. La única compañía que estaba dispuesto a aceptar era la del duende cocohuelle. Hizo su peregrinación a la montaña más cercana y no lo encontró, pero sabía que si no era humano sería justo y bajaría hasta él. Si era vidente como decían, el cocohuelle sabría en dónde estaba siendo esperado.

—¿Crees que puedes ignorarnos?

Él siguió ignorando las voces y estas se fueron. Abrió los ojos y vio a lo lejos una figura negra ondulante, delgada y borrosa, estaba cubierta por ondas de calor, parecía que se movía pero no lo hacía. Se levantó y frotó sus ojos, corrió a buscar su caja de caoba del vehículo, estaba caliente, algo le decía que era el cocohuelle, se dirigió a él casi a saltos, al principio estaba emocionado pero al aproximarse sintió miedo, qué sabía el del cochuelle o de esa figura sobrenatural a la que se estaba acercando, esa cosa podría no querer hablarle, podría enojarse y quién podía saber de qué era capaz, si era que de verdad estaba ahí y no se trataba de una proyección de su mente o un fenómeno que se produce por algo que hace la luz en el desierto. De espaldas parecía un cóndor, estaba encorvado y debía medir poco más de un metro, llevaba una capa de plumas negras con cuello de plumas blancas.

—Acércate, Dag —dijo el cocohuelle, tenía voz de mujer.

—¿Cómo sabés mi nombre?

—Lo sé porque querías que lo sepa.

—¿Entonces sos el cocohuelle?

—No soy el cocohuelle, soy un cocohuelle. Mi nombre es Qhu, que significa calma que viene desde arriba.

Qhu volteó la cabeza, Dag dejó caer la caja de caoba, la tapa se movió y los pelos de Tom quedaron al descubierto. La cabeza de Qhu era la mitad del tamaño de una cabeza normal, su rostro estaba cubierto de pelo y las partes visibles como el entorno de los ojos y la boca presentaban numerosos pliegues o arrugas, Dag no podía entender lo que veía pero tampoco quiso mirar mucho, lo primero que pensó fue que Qhu tenía cabeza de mono.

—¿Todos los cocohuelles son videntes?

—Somos syhue y a los que practicamos la brujería syhue nos llaman cocohuelle. ¿Y tú qué eres?

—Un cuerpo vacío.

—Un ketalkha, hombre muerto que camina. Dag se rio y recogió su cabeza encajonada.

—Este ketalkha quiere saber dónde encontrar a los hombres como este —dijo enseñando la cabeza.

El cocohuelle extendió su mano sobre Tom, Dag vio que la mano era humana, piel lisa y morena, uñas largas, dedos delgados, podía ser una mano de mujer.

—Este no es un hombre, nunca ha estado vivo o nunca tuvo alma. Esta no es la cabeza de alguien, no hay otros como él.

Dag se extrañó, sacó la cabeza de la caja y le pidió que la mirara mejor.

—Es uno de los indígenas submarinos, un ladrón de cuerpos, que se los lleva al fondo del mar.

El cocohuelle tomó su mano y clavó sus ojos negros en los de él.

—Alguien te mintió —le dijo—. Este no es un ihti.

—Ihti —repitió Dag y rápidamente los imaginó como ya lo había hecho antes pero esta vez sabiendo qué eran. Los ihtis llevándose los cuerpos de los músico escoceses, los ihtis encadenando a su niña en el fondo del mar—. Pero yo conocí al hombre que los cazó.

—Ustedes nunca podrían cazar a un ihti, no podrían cazar ni a un felopando.

—¿Qué es un felopando?

—Por eso no podrías cazarlo, no sabes cómo se ve un felopando.

—¿Es una especie de felino?

—Es un insecto del tamaño de tu puño cerrado. Yo podría curar un hueso roto preparando una sopa de felopando.

Dag miró a su alrededor para asegurarse de que no había felopandos cerca.

—En 1969 una avioneta se estrelló en este desierto, tres músicos escoceses viajaban en ella, sus cuerpos nunca fueron encontrados. ¿Qué pasó?

Qhu guardó silencio.

—Me dijeron que tenías todas las respuestas.

—No tengo todas las respuestas. Podría saber más de ti si me dieras un pedazo de tu piel. ¿Has ayunado?

—Cuarenta días, señor cocohuelle.

—¿Tienes hambre?

—Tengo hambre y tengo calor.

Qhu levantó el dedo índice y señaló a alguien que se acercaba a ellos, Dag entrecerró los ojos y se los cubrió por encima con una mano para intentar ver quién se acercaba a ellos en medio del desierto. Era un hombre empujando un carrito blanco, el hombre levantó la mano y le preguntó si quería comprar un helado. Él quiso ese helado y ambos caminaron y se encontraron en un punto medio. Dag pidió un helado de limón, iba a ofrecerle uno al cocohuelle pero cuando volteó a verlo ya no estaba, iba a preguntarle al heladero si llegó a ver a dónde se fue, pero también él y su carrito habían desaparecido, miró su mano y estaba vacía.

—El diablo le ofreció a Jesús todos los reinos del mundo y él dijo no. Y yo caí por un helado.

Dag pateó la tierra y levantó el polvo. Distinguió un círculo debajo de su pie, removió la tierra y vio que era una antigua ficha salitrera con la que pagaban a los obreros. La arrojó lejos y le gritó:

—¡Desgraciada!

Llevó la cabeza a una casa de empeños del centro de la ciudad esperando que algún experto pudiera confirmar si era real. Al principio tuvo que explicar lo que era un ihti.

—Es una especie de humano que vive debajo del mar y salen a la superficie para secuestrar personas o cadáveres, posiblemente para comérselos.

—Qué bueno —dijo el de la tienda.

Dag confiaba en que consultarían a un experto para saber

cuánto valía la cabeza y entonces sabría si era de verdad. Pero no hubo necesidad de llamar a nadie, el dueño de la tienda puso una caja de madera sobre el mostrador y le enseñó un corazón.

—¿Es el corazón de un ihti? —preguntó Dag asombrado.

—Es el corazón de un vampiro cazado en el año 900.

—Pero qué bien se conserva...

—Ya sabes, mientras lo mantenga en un lugar oscuro nunca envejece. De vez en cuando lo baño en sangre.

Dag levantó la mirada, como esperando saber más.

—Es de goma —le aclaró el de la tienda.

De goma. Un corazón falso, una cabeza que nunca tuvo alma. Dag pensó en Dalila, en su peluquería, en sus tijeras, en sus robos de cabello, en sus negocios con Milton. Él no tenía la cabeza de un ihti, tenía artesanía de Milton. Se tomó un momento para pensar cuántas cosas que daba por hecho podrían ser falsas.

No es tan importante si empeñó o no la cabeza como que eligió tomar café en una cafetería con vista al mar y que a través del vidrio miró lejos, no parpadeó por algunos minutos, el cielo y el mar grises por igual se unían en el horizonte, trató de imaginar las profundidades del océano, a ese ihti tomando su café o sopa de felopando mirando hacia arriba, preguntándose qué cosas eran reales. Al menos el ihti podría saber cuándo iba a ocurrir un sismo, Dag no estaba seguro de nada.

Se dio cuenta de que su peregrinación no había terminado, había arruinado su ayuno con una paleta de helado y ni siquiera llegó a preguntar por su niña ni por su pasado, razones por las que había ido hasta él. Llegando de nuevo al desierto, preparándose para empezar de nuevo el ritual, escuchó que alguien pedía ayuda pero no había nadie cerca, ni tan solo una figura ondulante en la lejanía. Durante un rato no se escuchaba nada y después nuevamente un pedido de auxilio que parecía atragantarse con su propia voz, un llanto masculino, un aullido. Subió a un cerro y vio del otro lado un hormiguero, el llanto provenía de adentro.

—¿Dónde estás? —preguntó Dag.

—Me tienes enfrente.

—Solo veo un hormiguero.

—Yo soy el hormiguero.

Dag se agachó y observó con cuidado al hormiguero que hablaba, tenía de treinta a cincuenta centímetros de altura y estaba cubierta por miles de hormigas, de pronto la parte inferior se partió y pudo distinguir la boca.

—Estoy debajo de las hormigas.

Era un hombre enterrado hasta el cuello y toda su cabeza estaba cubierta de hormigas, sobresaltado buscó a su alrededor rápidamente algún objeto que le sirviera para espantarlas. Se sacó la camisa y la enrolló.

—Lo siento, pero voy a golpearte para sacártelas de encima.

Azotó a las hormigas haciéndolas volar para arriba y por los lados, algunas caían sobre él, trataba de sacárselas tan rápido como podía y luego volvía a espantar a las que quedaban. Terminó pisando a todas las que pudo. El rostro del hombre esta desfigurado, párpados y labios hinchados, la piel roja e inflamada, llagas ensangrentadas hasta en las orejas.

—Hombre, ¿quién te hizo esto?

—Cazadores furtivos, me robaron, me torturaron y me dejaron aquí con miel en la cara.

Dag se hincó y empezó a cavar con las manos para ayudarlo a salir.

—Déjalo ahí —dijo alguien.

Tres hombres vestidos como beduinos con kufiyas marrones, cargaban con armas caseras de gran envergadura se asemejaban a ballestas con lanzas, uno de ellos tenía arco y flecha pero no se veía menos peligroso. Tenían la piel dorada y seca, arrugas al lado de los ojos, barbas tupidas.

—Pero unos cazadores robaron a este hombre, le pusieron miel y lo dejaron aquí para que se lo comieran las hormigas —dijo Dag.

—Nosotros somos esos cazadores.

Dag se tomó la cabeza, pensó que él también estaba perdido y se vio enterrado hasta el cuello.

—Tienes que dejarlo sufrir y morir. ¿Confías en extraños que conoces en el desierto?

—Casi siempre.

—Lo que ese monstruo les hizo a los niños de nuestra comunidad no tiene perdón, si quieres hacer tu buena acción del día en vez de desenterrarlo deberías patearle la cara.

—¡Es mentira! —gritó la cabeza, los ojos estaban tan hinchados que parecían estar cerrados.

Dag volvió a mirarlo con compasión, no estaba seguro de a quién creer. Uno de los cazadores golpeó al hombre enterrado con lo que parecía ser la culata de su extraña arma.

—¿Cuál es tu nombre? —le preguntó el que parecía ser el líder.

—Dag.

—Escúchame, Dag. En el lugar en el que estás parado encontramos a una niña de once años de edad desollada. Le hizo cosas viva y muerta. ¿Crees que no es justo nuestro castigo?

—Yo no sé si el hombre es quien ustedes dicen que es, yo opino que si ha hecho eso que dicen deberíamos presentarlo ante la ley, que tenga un juicio y que si es culpable permanezca el resto de su vida en la cárcel.

—¿Juicio?¿Eres esa clase de marica? ¡Un cobarde! No sabes si todo lo que te digo es verdad, pero existe una posibilidad de que lo sea, ¿y lo mismo crees que se merece algo mejor que esto? Estás parado sobre el lugar donde descansó el esqueleto de una niña llamada Aneleta que trabajaba para poder ir a la escuela, su carne estaba expuesta, cocinándose al sol para que se sirvieran las aves carroñeras, sus padres la buscaron durante días, ella no tuvo una oportunidad, no pudo elegir, él no le dio otra opción, y estás diciendo sobre el lugar donde él la arrojó como una chatarra inservible que quieres algo mejor para el hombre que le arrebató su inocencia, su vida, a ella y a treintaiocho niños más.

—Me duele saber eso —dijo Dag llevándose la mano al corazón—. Pero si este hombre es inocente, seremos también nosotros esa clase de basura.

—Te digo lo que vas a ser si sacas a ese hombre de la tierra, serás comida para los pumas.

El hombre que parecía ser el líder hablaba en serio, Dag ya lo había mirado a los ojos pero en ese momento miró a través de sus ojos, no todo era odio ahí, si tomaba un ojo y diseccionaba las partes, como las arrugas, la posición del párpado, la disposición de las pestañas, la dilatación de la pupila, el brillo del iris, la cantidad de nervios en el globo ocular y el sentimiento que controlaba ese ojo, podía ver que había dolor detrás, soledad, había una parte de ese ojo que le recordaba a él mismo, que se confundía con un espejo y por lo tanto era fácil de leer, ese hombre había perdido algo como él y seguía sufriendo esa pérdida. Dag entendió que no se puede razonar con esa clase de dolor, puede ser duro o piadoso, pero sea lo que sea no se puede razonar con él. Volvió a mirar al hombre enterrado y pensó en cómo se sentiría si supiera que él se llevó también a su niña.

—No le pongan más miel —dijo—. Dejemos que se encargue un cóndor. Primero dará vueltas sobre él, luego se comerá un ojo, otro día otro ojo, al tercer día la lengua. Dejémoselo a los carroñeros.

Los tres cazadores rieron y vitorearon.

—¡No! —gritó el hombre desde el suelo aterrorizado.

Pero la decisión estaba tomada. La cabeza en la tierra continuó gritando con fuerza, con lo último que le quedaba, abriendo tanto la boca que el cosmos cabía dentro y Dag imaginó que esa garganta era un agujero negro que succionaba el mundo. El grito se escuchó en el altiplano y en toda la pampa, espantando a las aves de los salares y a las vicuñas que bebían en los bofedales.

Le dieron la espalda a la cabeza, Dag caminó detrás de los otros, miró una vez más hacia atrás, no se arrepentía pero tampoco se sentía bien. El hombre enterrado sollozaba y suplicaba que lo mataran, Dag lo ignoró, estando del otro lado del cerro ya no lo escuchaban.

—Mi nombre es Anelén —dijo el líder pasándole la mano—. ¿Cómo te sientes?

—Triste. Horrorizado. Hambriento.

—Acompáñanos a comer.

Para llegar a la aldea pasaron entre decenas de cruces, Dag vio que de algunas colgaban zapatitos diminutos resecados por el sol, no pudo evitar que se le corrieran las lágrimas. La aldea estaba entre dunas de arena, las chozas de adobe estaban dispuestas en forma circular. Algunas mujeres salieron a recibirlos, hablaron en una lengua desconocida para él. Todos sonreían menos Dag, era como si se sintiera guardián de los ausentes, custodio de sus memorias, tejedor de las posibilidades truncadas.

Las mujeres lo saludaron moviendo la cabeza, sin mirarlo a los ojos, sin decir ninguna palabra. Anelén ordenó que trajeran comida y bebidas, las mujeres obedecieron rápidamente colocando un montón de cacharros en el suelo, los llenaban con legumbres, frutos secos, semillas, hojas, hongos, humitas, en recipientes sirvieron la chicha a la que ellos llamaban lele, parecía una cerveza artesanal, había tarros de miel y carne disecada al sol, que Anelén le explicó que era de alpaca. Dag tenía mucha hambre y todo se veía apetitoso, dio gracias a sus anfitriones por permitirles compartir esos manjares, una risa sarcástica lo interrumpió. Levantó la mirada y vio a una joven afuera de la choza sentada con las piernas cruzadas en el suelo y una gran pipa en la boca.

—No mientas, esta comida no es como la que ustedes comen. No te gusta —dijo la joven con tono desafiante.

—Esta comida es deliciosa y nutritiva, básicamente yo consumo estos ingredientes pero en preparaciones diferentes. ¿Por qué no te acercás a comer con nosotros?

Ella se rio nuevamente.

—¿No te das cuenta de que aquí los hombres comen primero?

Dag miro a las otras mujeres y se dio cuenta de que aunque estaban sentadas con ellos no comían.

—Anelén, ¿ustedes son como un grupo étnico o solo personas que decidieron vivir lejos del resto?

—¿Cuál es la diferencia? —preguntó Anelén con la boca llena. Dag agachó la mirada.

—Sí, cuál es la diferencia… —dijo la joven que fumaba la pipa riéndose a carcajadas.

Los tres hombres seguían comiendo sin levantar la vista de las vasijas. Dag los observó y aunque temía ser impertinente y enojar a sus anfitriones, se animó y preguntó:

—¿Pueden acompañarnos las mujeres a comer?

Los hombres soltaron los alimentos que tenían en las manos. La mandíbula de Anelén se aflojó, la piel alrededor de sus ojos se tensó y lo miró con la boca abierta.

La joven que estaba afuera de la choza se levantó, dejó la pipa inmóvil en su boca y colocó sus manos en la cintura. Dag la vio bien por primera vez en ese momento: tenía una trenza larga que caía sobre uno de sus hombros, pasaba sobre su pecho, bajaba por el ombligo y desembocaba en la pelvis. Era alta, más alta que él, delgada, apenas un esqueleto, un rostro alargado con los ojos desorbitados, pómulos sobresalientes y labios gruesos. Pensó en lo solo que estaba.

—No interfieras en nuestras costumbres —dijo la joven, se veía furiosa.

—Cállate, Aylana, siéntate a comer con nosotros.

Las mujeres se cruzaron miradas de desconfianza, los hombres levantaron las vasijas con comida y las pusieron frente a ellas.

—Ah, déjame decirte que tú sí que eres algo... —dijo Aylana tomando lugar al lado de Dag—. Mi héroe, gracias por traer la igualdad de géneros a esta tribu.

Dag comía relamiéndose los dedos y observaba de reojo a la joven, sabía que no había terminado.

—No, no lo eres. Crees que eres algo especial, que tu presencia ilumina las vidas de las personas que tocas. No es así. No eres especial. No eres más que un debilucho hambriento que...

—¿Qué únicamente podría servir de alimento para pumas? —dijo Dag—. Sos igual a tu padre.

—Gracias —respondió Aylana—, pero que me halagues no te saca lo imbécil.

—¡Aylana, basta! —le regañó su padre.

—Pensándolo mejor, no sos como tu padre. Vos tenés que esperar que los hombres terminen de comer para poder hacerlo.

—¡Eso no es porque soy mujer! ¡Es cultural, yo podría comer primero si fuera quien trajera la carne! Me estoy preparando para eso, mi padre me está enseñando... —dijo Aylana levantándose—. ¡Tan típico de los blancos, venir a nuestra casa a juzgarnos y tratar de salvarnos!

Dag ya se había parado y le gritó al mismo tiempo.

—¿Por qué me estás gritando? ¡Yo no soy blanco, también soy

descendiente de indígenas, quién te creés que sos para decirme blanco! ¡No vine a juzgarlos, no vine a salvarlos! ¡Yo no creo que haya algo de qué salvarlos, parece que vos sí lo creés!

—¿Estás diciendo que yo...?

—Basta —dijo Anelén firmemente—. Salgan los dos de aquí, hemos escuchado suficiente.

—¡Pero padre...!

—Salgan de aquí.

—Señor, discúlpeme, no ha sido mi intención ofender...

—Salgan de aquí.

—No me malinterprete, pero...

—Salgan de aquí.

Así empezó la primera caminata de Dag y Aylana, la primera vez que estuvieron solos. Atardecía y todo tomaba un color rojizo que a Dag le encantaba, pensaba que era como estar en otro planeta, a veces los atardeceres lo ponían nostálgico. Sentía que todos sus recuerdos querían volver a él en ese momento y le entristecía pensar en todo aquello que ya no era parte de su vida, como la casa en la que creció y que había sido demolida, nunca más podría, por más que quisiera, volver ahí, tampoco podría volver a ser niño, pero no todos los recuerdos regresaban, la mayor parte era tristeza sin razón.

—¿Me escuchas? —preguntó Aylana, más tranquila—. ¿En qué piensas?

—En que no hay retorno.

—No deberías de pensar en eso. Es como tenerle miedo a la muerte. No tiene sentido.

Dag sonrió, pero su sonrisa fue amarga.

—No puedo consolarme luego de pensar en que nunca más seremos niños, suena estúpido, pero pensálo, duele ser adulto. Me estoy convirtiendo en ese ser que se supone que debería de tener todas las respuestas pero solo tiene preguntas. Quiero ser el niño, tener la imaginación de un niño, la despreocupación de uno, la esperanza... ¿Me entendés?

—Tienes que tener claro que nunca fuimos niños. Alégrate, no hemos sido niños. A los niños se los llevan los extraterrestres y nos insertan a nosotros en su lugar; los adultos amanecemos en sus pequeñas camas, con sus habitaciones multicolores, con sus crayones, somos un experimento extraterrestre. Solamente quieren ver qué pasa al ponernos en determinadas circunstancias, somos ratones de laboratorio, no les damos lástima, no somos el fin principal, nos usan para aplicar los resultados a quién sabe qué cosas, a sus robots, posiblemente.

—Sos muy inteligente.

—¿Estás sorprendido porque hablo de manera fluida? ¿Es eso? *Mi no entender qué querer decir.*

—No me malinterpretes, pero… estás vestida como si hubieras salido de alguna película de Tarzán.

—Ya lo sé, yo hice este traje.

—Es hermoso.

—Vivimos lejos de los demás, sin comodidades o lujos, pero vivimos mejor y somos como cualquier otra persona. Desde muy chica, trabajé y estudié. Soy en parte salvaje, en parte educada. Además tengo un secreto…

—Amo los secretos. Tenés que enseñármelo.

Aylana asintió y tomó su mano para guiarlo hasta su escondite. Removió una tapa de barro que estaba detrás de una de las chozas de su aldea, como la puerta de un sótano o una tumba.

—Dios mío… Dios mío… Dios… —dijo Dag tapándose la boca—. Sos tan sexy ahora…, muy sexy… no lo puedo creer.

Se pusieron de rodillas junto a la entrada subterránea.

—¿Cuántos libros tenés acá?

—Doscientos cincuenta y dos.

No cabía una persona en el agujero de la tierra, pero sí muchos libros.

—Aylana, me estoy enamorando.

—Bueno, ese es uno de los poderes de los libros, pueden hacer que cambies de opinión.

—Hacen que reconsideres lo que dabas por hecho.

—Son mágicos.

Dag sacaba los libros, quería verlos todos, Aylana lo ayudaba, iban colocándolos sobre la arena, creando pirámides. Dag se detenía en cada uno de ellos, la mayoría ya los había leído pero leía cada título como si aprendiera a leer a con ellos, tocaba las cubiertas recorriendo las ilustraciones o las letras con las yemas de los dedos. Se quedó paralizado con uno, lo acarició, lo volteó una y otra vez, lo hojeó, lo olió y finalmente dijo:

—Viaje al centro de la tierra de Julio Verne.

—Sí, lo encontré en Humberstone.

—Ya lo sé, yo lo perdí ahí.

Dag se inclinó a ella y la abrazó, descansó la barbilla en su hombro y no pudo contener las lágrimas. No se sintió tan solo.

—No te creería si no fuera por la forma en la que lloras. ¿Es otro poder de los libros?

—Son mágicos.

Lloró de felicidad, hacía tiempo que no se sentía así y fue como si se hubiera olvidado cómo reaccionar, como si no fuera digno de un gran gesto del Universo. Pero el Universo le demostró que sabía su nombre y lo llamó en el desierto.

—Recuerdo que cuando tenía ocho o nueve años empecé a escribir, me gustaban los libros y como no podía comprarlos llenaba ese vacío escribiendo, solo de vez en cuando alguien me regalaba uno y yo lo leía por lo menos treinta veces, pero necesitaba más. De cierta forma, sentía que lo que yo escribía ya estaba escrito y que alguien en mi cabeza me lo leía y yo simplemente era un trascriptor.

—¿Tú eres escritor?

Dag movió la cabeza, cerró los ojos, apretó los labios y arrugó el mentón haciendo una mueca que parecía querer transmitir timidez, ella había descubierto el escondite de él y adentro solo había voces que hablaban como locas.

—Te volviste sexy de repente —dijo Aylana repitiendo lo que él le había dicho hacía instantes.

—Eso porque no me ves a mí, al decirte eso me convertí en una máquina productora de libros y eso es lo que ves, sin embargo, yo hace años no escribo.

—¿Por qué dejaste de hacerlo? ¿No ganabas bien y tenías que vivir de algo?

—Perdí a mi niña en Humbestone en 1969, no he vuelto a escribir desde entonces.

Aylana puso su mano sobre la de él.

—Lamento haber encontrado tu libro y no a tu niña.

Dag suspiró y apartó la mirada, parecía que esperaba ver algo en el horizonte, tal vez a su niña hecha una señorita llegando por donde se metía el sol, que el Universo volviera a llamar su nombre. Solo había quietud y silencio, vacío. Aylana guardó sus libros, le dio tiempo para que se repusiera.

Caminaron en silencio, se alejaron de la aldea. Dag se sentía cómodo y sobre todo, seguro. Ella guiaba el paseo, no caminaba sin dirección, se notaba que nunca lo hacía. Cuando Dag estuvo a punto de decir que estaba cansado y quería regresar vio que estaban llegando a un bosque. Un bosque en medio del desierto, daba la sensación de que los árboles crecían debajo de la tierra y que sus frondosas copas emergían en busca de la luz.

—¿Cómo crecen estos árboles acá? —preguntó Dag.

—Crees que porque son árboles no podrían sobrevivir en estas condiciones, pero no conoces a todos los árboles. A estos les gusta estar aquí, se abastecen de lo que hay a su alrededor, la sal y el rocío.

—Tal vez también le gusten los libros —dijo Dag para hacerle saber que entendía que ella se identificaba con esos árboles.

—No estoy segura, pero creo que más bien son escritores.

Para Dag eso tenía sentido, los miró con respeto y un poco de desconfianza, esos árboles debían de ser sin duda mejores escritores que él.

El cielo pasaba de rosa a violeta, se podía ver con claridad la división del día y la noche, en el manto violeta ya se veían las estrellas y la luna llena, en la mitad rosada no había ni una nube, pero si el sol que había perdido intensidad y se volvió rojizo.

—Tenemos que regresar antes de que oscurezca—dijo Dag.

—¿Tienes miedo a la oscuridad?

—Es un problema de las personas con mucha imaginación, podemos autosugestionarnos fácilmente, podemos ver en la oscuridad cosas que tal vez no estén ahí. Ojo, dije tal vez.

Ella se rio y él creyó notar que se ruborizó pero no estaba seguro. Sintió sus propias mejillas calientes, pensó en que posiblemente él estaba ruborizado. Estaba solo con una dama que le gustaba mucho.

—¿La madre de tu niña ha venido contigo?

—No, no estamos juntos.

—Lo siento.

—No lo sientas. Digo que no estamos juntos porque estoy solo y es todo lo que sé… —se interrumpió como si se hubiera dado cuenta de que no valía la pena completar lo que estaba diciendo.

Aylana se acercó, colocó sus manos sobre los hombros de Dag, miró su boca. Él la apartó.

—Yo no… —titubeó—. Tengo algo que decirte, pero temo que pienses que soy una mala persona o que estoy loco. Yo mismo pienso que soy un patán.

—Ya pensé eso de ti, qué tiene de malo que lo vuelva a hacer. Sobreviviste a mi prejuicio.

—Es sobre la madre de mi niña…

—Viniste con ella —dijo Aylana y llevó sus manos detrás de su espalda.

—No. No sé quién es. No la recuerdo. Me siento muy culpable, horrible, soy un patán, pero quiero ser honesto contigo.

—¿Es una broma? ¿No la recuerdas?

—Para que entiendas mejor, debo decirte que no recuerdo muchas cosas de mi vida.

—¿Es una broma?

—Estoy solo. Completamente solo. No recuerdo por qué.

Aylana estaba confundida, tenía problemas para confiar en la gente, por eso pensaba que algo más le ocultaba. Empezó a caminar, Él la siguió con paso lento planeando cómo darle un beso. A mitad de camino Dag vio a un majestuoso peuco de dimensiones extraordinarias volando en el cielo violeta, llevaba entre sus garras una cabeza humana desfigurada, ya le habían comido los ojos, supo inmediatamente que era la del hombre que habían dejado enterrado.

—Aylana, vos no sos como tu padre. No sos como yo. Seguro tenés nuestras virtudes, pero jamás igualarías nuestros defectos. Estas hecha únicamente de cosas buenas.

Ella dejó de caminar, lo miró afectuosamente y se le dibujó una sonrisa tierna, colocó sus manos sobre las mejillas de Dag y lo besó en los labios. Él pensó que tal vez ella era el Universo.

Regresaron a la aldea tomados de la mano. En cada choza había de cuatro a seis personas reunidas, Dag pudo contar rápidamente al menos treinta personas en total, eran más de los que pensó que podían vivir en aquella aldea, creía que solamente vivían ahí la familia de Anelén y las otras personas que vio antes. Aylana le pidió que la ayudara a subir al techo de la choza que también era de adobe, así lo hizo y luego ella le tendió la mano para que él subiera. Se acostaron y contemplaron las estrellas, ella se acomodó en los brazos de Dag.

—Me estoy enamorando de vos —dijo Dag.

—Me olvidarás mañana.

—No te olvidaré jamás.

—Olvidaste a la madre de tu hija.

Dag guardó silencio por unos segundos, meditó jugando con el pelo de Aylana sin dejar de mirar las estrellas.

—No sé si era mi hija —dijo finalmente.

Aylana se entristeció.

—Solamente recuerdo que perdí a mi niña en Humberstone y que destrozó mi corazón, no seguí siendo yo, la gente me decía que la vida debía continuar pero no, no debía continuar, debía acabarse. El mundo entero debía estallar, convertirse en una bola de fuego y arder hasta hacerse polvo. Cuando regresé a casa yo ya no era el mismo, había perdido la capacidad de escribir, que es lo mismo que decir que había perdido la capacidad de respirar.

—¿Y la madre de la niña?

—Supongo que… nunca estuvo ahí.

Después de decir eso buscó los ojos de Aylana, colocó su mano bajo el mentón de ella y movió su cabeza de un lado a otro y de arriba abajo, quería ver si no había alguna lágrima brillando en sus mejillas porque la había sentido triste, se acercó y la besó y ella se dejó besar.

—Me hacés sentir bien —continuó Dag—. Pensé que estaba muerto, pero me recordás las cosas por las que vale la pena vivir. Este sentimiento…

Aylana interrumpió:

—Yo también me estoy enamorando.

Escucharon un ruido abajo, Anelén y los otros dos cazadores estaban conversando frente a la choza, Dag notó sus extrañas botas peludas posiblemente aptas para la nieve, uno de ellos arrastraba un carrito de aspecto parecido a un trineo y en él llevaban un costal bien cargado, era la postal navideña más extraña que vio en su vida.

—¿A dónde van? —le preguntó Dag a Aylana.

—A los Andes, van a buscar un ukumar.

—¿Un qué?

—Una criatura que vive en los Andes, un monstruo o un homínido prehistórico que revivió al descongelarse.

—¿Pueden cazar homínidos?

—Tranquilo. Nunca lo encontrarán —dijo Aylana riendo.

Dag estaba interesado en lo que acababa de escuchar, pensó que tal vez ellos sabrían cómo encontrar a los ihtis y si encontraba a los ihtis existiría la posibilidad de volver a ver a su niña. Los convenció para que lo dejaran ir con ellos, a Aylana no le pareció buena idea y él creyó que estaba celosa porque ella también quería ser cazadora, pero cuando mencionó que quería unirse, Anelén dijo que no y antes de que él hablara también Dag se negó, sin darse cuenta arguyó que era peligroso para una mujer. Aylana cruzó los brazos y los siguió con la mirada mientras se alejaban.

—Yo vi un ukumar —dijo Dag caminando detrás de los hombres experimentados, le tocó tirar del trineo—. No sabía que era un ukumar, pero sabía que había algo en la nieve observándome. Sé que era grande, pero no lo vi directamente, lo sentí y lo vi con mi visión periférica.

Los cazadores rieron.

—Es cierto, estaba ahí cerca de mí, yo no lo quise capturar… Creo que era un ukumar.

—Cuando veas un ukumar no te quedarán dudas de que es un ukumar —dijo uno de los cazadores.

—Aunque…—dijo Dag—. No recuerdo si estuve ahí. Es decir, estuve ahí pero no sé cómo, no estoy seguro. Creo que me desmayé y cuando abrí los ojos estaba sentado en medio del desierto. La única explicación sería que bajé sonámbulo. ¿Creen que sea posible? Tal vez… soy sonámbulo pero no puedo recordar las partes en las que estuve despierto, al revés de cómo sucede normalmente. La gente no recuerda haberse levantado de la cama y haberse vestido cuando dormían, en cambio yo solo recuerdo lo que hago cuando duermo. Suena sensato.

Dag estaba exaltado, posiblemente sufriendo un episodio de taquicardia, pero él pensaba que estaba iluminado, los cazadores lo ignoraban.

Caminaron hasta donde Dag había dejado su auto y fueron

en él hasta donde Anelén consideró necesario, continuaron a pie hasta el amanecer, cuando llegaron a más de cuatro mil quinientos metros de altura parecía que ya había vuelto a anochecer, hacía frío y no sabían qué hora era, no había sol, no había sombras. Le prestaron a Dag un abrigo de piel de alpaca.

—Espero que ningún cazador me confunda con el ukumar —bromeó.

—Si no te callas, yo te confundiré con el ukumar.

Uno de los hombres señaló un risco, todos corrieron hacia ahí, Dag no sabía por qué pero lo hacía. Los cazadores levantaron sus aparatosas armas, uno preparó su arco y flecha. Había una vicuña muerta en el risco nevado, parecía un altar en el que se realizó un sacrificio, el animal estaba abierto por la mitad y faltaban sus entrañas, había mucha sangre sobre la nieve, Dag se acercó para verlo mejor y se estremeció al notar que le faltaban los ojos y que la lengua estaba cortada. Más adelante había otras vicuñas muertas que presentaban las mismas características. Le vino a la mente una fotografía de la escena de un crimen de la familia Manson.

—Esto fue reciente —aseguró Anelén—. Por allá hay más. —Señaló un sendero ascendente en el que se veían trozos de animales.

—Se deshace de las partes huesudas —dijo uno de los hombres—. Le gustan las partes blandas, por eso no hay ojos, lenguas ni entrañas.

—¿De qué estás hablando? ¿A quién le gusta eso? —preguntó Dag.

—Al ukumar. Esto es obra de un ukumar.

Siguieron los rastros de los animales muertos durante algunas horas, aunque a Dag no le pareció prudente al ver de lo que era capaz, hizo un cálculo aproximado de la fuerza de la criatura y dedujo que si esta los encontraba primero no tendrían ninguna posibilidad de sobrevivir.

Anelén se detuvo en un sitio que le pareció apropiado para armar la tienda, la visibilidad era escasa, era un buen momento para encender una fogata y descansar.

—¿Por qué cazan? —preguntó Dag.

—Porque somos animales salvajes, no nos confundas con comerciantes, somos animales. Tú también eres uno. El ukumar podría alimentarse de nosotros hoy y eso estaría bien, también estaría bien que nosotros lo veamos primero y sea nuestro alimento y abrigo.

—Yo no quiero comer un ukumar —resopló Dag.

—¿Por qué estás aquí? —preguntó Anelén.

—Porque necesito su ayuda.

Entonces Dag les contó su plan, cómo él los ayudaría a cazar un ukumar si a cambio ellos lo ayudaban a encontrar a los ihtis, tuvo que explicarles que eran personas que vivían bajo el mar y que secuestraban gente en la superficie, les contó sobre la niña perdida en Humberstone y el avión de los músicos escoceses que se estrelló en el desierto, habló del testigo que los había visto y sobre el falsificador de cabezas de ihtis. Anelén prometió fabricar con sus propias manos un dispositivo lanza-arpones subacuático para acompañarlo a buscar a su niña en las profundidades del océano.

Hablaron toda la madrugada, Dag aprendió que los otros dos cazadores que siempre estaban con Anelén se llamaban Andish y Ajshu. Andish era hermano de Aylana. Anelén tuvo tres hijos con tres mujeres diferentes que convivían juntas en la misma choza. Dag pensó muchas cosas al respecto, pero recordó que Aylana le dijo que no debía juzgar las diferencias culturales. Él no conocía todos los árboles.

Anelén le enseñó una medalla de San Benito que llevaba en el cuello.

—Han ido hasta mi casa hombres de distintas fes, todos quieren que yo crea lo mismo que ellos pero nosotros creemos en Daeui, la diosa de la sal, la que creó el ti y el ta, o sea el océano y el desierto, ella concibió a sus hijos sin intervención masculina porque ella es... ¿cómo se dice?

—¿Autosuficiente?

—Sí, Daeui no necesitó la ayuda de nadie para criar a sus hijos, los que de grandes se convirtieron en la luna y el sol. Ella te puede dar y te puede quitar, pero cuando rezamos no le pedimos ayuda, sino que pedimos paz para aceptar sus decisiones, nos entregamos a ella porque confiamos en su inmensa sabiduría. Las personas que venían con sus biblias rezaban para pedir favores, esa es su relación con Dios. —Anelén gesticulaba con las manos mientras hablaba, la luz de la fogata iluminaba su rostro desde abajo creando luces y sombras que transformaban sus rasgos, los demás bebían la bebida alcohólica que habían traído para calentarse por dentro y el efecto de esos tragos daban credibilidad a la ilusoria transformación de Anelén—. Siempre estuve en paz entregándome a Daeui, pero cuando mi hija menor desapareció quise pedir un favor yo también, un hombre que vino a mi casa me enseñó a rezar y me dio esta medalla de San Benito, me dijo que era el protector de los niños perdidos... —Se sacó la cadena con la medalla de la que hablaba, tomó la mano de Dag, observó su palma como si la leyera y se guardó el secreto de lo que vio, colocó en ella la medalla y le dobló los dedos sobre la palma para cubrirla. Dag se conmovió.

—No puedo aceptarla —dijo—. Debés tenerla contigo.

—Encontré a mi hija demasiado tarde, a mí ya no me sirve. Quédatela tú —insistió Anelén.

Dag la aceptó y quiso aceptar también lo que Daeui, una diosa que imaginaba con el rostro de Aylana, decidiera darle o quitarle, pero no pudo encontrar la paz en la idea de la resignación, no podía ignorar el dolor, la soledad, la pérdida, tres cosas iguales que apuñalaban con diferentes tipos de cuchillos.

—Además, mientras tengas esa medalla las brujas no podrán hacerte daño, la cruz que está en ella les quita el poder —agregó Anelén.

—No creo que las brujas estén interesadas en mí.

—Puede ser que todavía no, pero si vas a seguir por aquí, tienes que tener protección contra ellas.

Escucharon ruidos, se pusieron en guardia, alguien andaba cerca, se dividieron para buscar al ukumar, Dag esperaba no ser el que lo encontrara, sin embargo lo hizo. Al principio solo sintió un olor nauseabundo que se lo atribuyó a los cadáveres de las vicuñas, pero al alumbrar la nieve vio pisadas más profundas de lo normal y tres veces más largas que las humanas pero de características similares, asumió que el olor emanaba del que dejó esas huellas, las siguió, algunas tenían hilos de sangre encima. Antes de avisarle a nadie quería cerciorarse de lo que había encontrado, así que primero fue a revisar qué se movía entre bloques de hielo. Alumbró escondido entre el hielo y vio un bulto peludo blanco, aproximadamente tres veces el tamaño de un humano, era el ukumar acostado en posición fetal, distinguió sus ojos, su hocico, parecía un simio, un anciano o un cocohuelle, pero nunca había visto algo semejante a ese cuerpo. Los cazadores cumplirían su palabra, lo acompañarían a las profundidades del mar y se encontraría cara a cara con los ihtis, los hombres submarinos con sus rostros tatuados, lucharían cada bando con sus armas caseras, algunos morirían en el campo de batalla y sus cuerpos se esfumarían flotando, pero San Benito y Daeui lo protegerían a él, los ihtis se arrodillarían y levantarían los brazos rindiéndose y vería en una cueva una gran burbuja llena de niños perdidos, la amarraría a un cordón de oro y la llevaría a la superficie. Dag sonrió, luego frunció el ceño. Había algo moviéndose entre el pelo del ukumar, se sorprendió al descubrir que eran varios cachorros del tamaño de bebés humanos. Su ukumar era hembra, una madre. No podía entregar a una madre. Sintió que se le resbalaba el cordón de oro y la gran burbuja llena de niños perdidos se hundía y regresaba a las profundidades del océano. Se recostó contra un bloque de hielo, escuchó que alguien se acercaba, si veían a la ukumar la matarían, se llevarían a los bebés, se los comerían, harían abrigos y botas con su piel; por otra parte, también se prepararían e irían con él a buscar a su niña.

Andish apareció frente a él.

—No encontré nada —dijo. Dag se levantó.

—Por aquí tampoco hay nada, debemos seguir ascendiendo —dijo regresando por donde vino. Andish lo siguió.

Continuaron su camino y acamparon durante tres días más, encontraron zonas secas en donde salía el sol y zonas nevadas adonde no llegaban los rayos solares, vieron un campo de nieves penitentes que desde lejos parecía una marcha del ku klux klan, vieron cascadas congeladas y géiseres convertidos en témpanos, vieron cruces en el medio de la nada y hasta la rueda de un avión, pero no vieron al ukumar y Anelén sospechó que algo raro pasaba porque estaba seguro de que seguían sus pasos, Dag fingió que nunca había visto uno y trataba de hacerles creer que tal vez no existían, aunque no funcionó porque ellos ya vieron las huellas muchas veces, tenían pruebas como mechones de pelos y además habían visto de lo que era capaz, decidieron terminar la expedición convencidos de que ya se había ido muy lejos.

Al descender tomaron un desvío para evitar acarreos y descubrieron un nuevo camino, Dag vio fumarolas y al principio pensó que había un incendio pero después se dio cuenta de que estaban ante un campo de géiseres y lo que veía eran los pilares de vapor, los cazadores se alegraron y corrieron a los pozones sacándose la ropa, a Dag le dio escalofríos de solo imaginarse desvestido, hacía mucho frío y aunque las aguas termales podían calentarlo rápidamente no se animaba a quedarse desnudo ni por un segundo. Acompañó a sus amigos parándose entre las columnas blancas, la sensación era extraña, como si estuviera soñando, el paisaje en el que estaba no parecía parte del mundo real. ¿Aunque qué lo era?

Cuando llegaron a la aldea, Dag vio a Aylana fumando su pipa enfrente de su choza, estaba con los ojos cerrados como meditando. Se maravilló como si la viera por primera vez, la misma sensación que cuando descubrió el campo de géiseres, atónito ante el efecto de la luz a través de las magníficas columnas de vapor que parecía distorsionar la realidad. Aylana era la luz y él, el vapor.

—Regresé.

—No te creo. Estoy soñando —dijo Aylana sin abrir los ojos.

—No podés soñar conmigo, porque vos sos mi sueño.

—¿Y desde cuándo nuestros sueños no pueden soñarnos? —preguntó Aylana abriendo los ojos y sonriendo.

—Te extrañé.

—¿Todavía me recuerdas?

—No me lastimes —dijo Dag y lo decía en serio, las cosas que más le dolían eran las que había olvidado—. Todavía te molesta que no pueda decirte quién es la madre mi niña.

—No, me molesta que alguna vez amaste a alguien más.

—¿Y qué más da si igual estoy solo? Aylana le puso la pipa en la boca.

—Yo estoy contigo —dijo.

—¿Creés que es patético que te ame solo porque estás conmigo?

—Yo también te amo.

Dag sonrió y fumó.

—Te amo porque tengo frío y vos sos agua caliente —dijo Dag.

—Y yo te amo porque eres escritor —bromeó Aylana.

—Ya veo, vos sos la patética.

—Déjame corregirlo: te amo porque te emocionaste cuando viste mis libros.

—Qué te puedo decir, soy un tipo sensible. ¿Qué estamos fumando?

—Es hierba de comesapos, para relajarnos. Podrás oír tus pensamientos con mayor claridad. Mi padre suele usarla cuando se comunica con Daeui.

—Una especie de hierba mística… —murmuró observando el contenido de la pipa—. ¿Quieres irte de aquí?

Aylana verificó con la mirada que todos estuvieran dentro de la choza. Asintió. Dag buscó las llaves del auto en el bolsillo y le dijo que subiera.

HUMBERSTONE

Todo era acerca de la soledad.

Dag le enseñó a manejar, se perdieron en el desierto, se acostaron sobre el techo del auto y al atardecer le prometió que se casaría con ella.

—¿Querés estar conmigo para toda la vida?

—¿Acaso algo te duró para toda la vida?

Dag tuvo toda la intención de responder esa pregunta, pero se quedó pensando tanto tiempo en la respuesta que el momento pasó. Ni siquiera ella le durará, él volverá a salir a cazar y ella insistirá en acompañarlos, pero él seguirá sosteniendo que es peligroso, que es para hombres. Ella se enojará y le dirá que si no la lleva no se casará con él. Él irá de todas formas, irá convencido de que ha hecho lo mejor.

—Digamos, simplemente, que quiero estar contigo todo el tiempo que sea posible —dijo Aylana.

Eso era más que suficiente para él.

Esa misma noche fue a hablar con Anelén para pedir la mano de Aylana. Le dijo que estaba enamorado de ella y ella de él, que iba a darle lo mejor, que la haría feliz, que él se quedaría a vivir con ellos en la aldea. Anelén levantó la mirada, no se veía contento.

—Sal de aquí —dijo.

—Pero, señor, déjeme terminar…

—Sal de aquí.

—Padre, por favor, ¿no importa lo que siento? —interrumpió Aylana.

—Tú, te quedas. Él, se va.

Dag dejó de insistir, entendió que Anelén no lo consideraba amigo y que menos lo consideraría bueno para su hija. Pensó que lo mejor sería demostrárselo. Cuando se iba, Aylana lo siguió.

—¿A dónde vas?

—Voy a cazar ihtis y traeré sus cabezas tatuadas a tu padre para que sepa que valgo la pena.

—¿Eso qué tiene que ver conmigo? ¿Con nosotros? Eso es lo

único en lo que piensas.

—Tu padre espera que te unas con alguien como Ajshu, tengo que demostrarle que soy mejor que Ajshu, que soy como ustedes, digno de casarme con vos.

—¡Yo no quiero casarme con alguien como Ajshu! Te quiero a ti. ¿Vas a cambiar por mi padre? ¡No vas a casarte con él!

Dag subió al auto y bajó la ventanilla.

—Cuidate —le dijo a modo de despedida.

—Espera. Llévame contigo, he estado practicando…

—Esto es cosa de hombres, Aylana —dijo encendiendo el motor.

—¿Vas a hacerme esto otra vez?

—Lo siento, quise decir que es peligroso.

—Vete y no regreses.

Aylana puso las manos en la cintura, Dag la miró por el retrovisor mientras se iba, pensaba que podría recuperarla después con cabezas de ihtis. La amaba de verdad, pero no la conocía bien y cuanto más se alejaba, más se perdía esa oportunidad. En el fondo tenía miedo de olvidar para siempre a su niña, como había olvidado todo su pasado, tenía miedo de empezar una nueva vida en la que ya no hubiese lugar para recordar sus pérdidas. Sentía culpa de ser feliz, se decía que quería demostrarle a Anelén que era valiente y el mejor candidato para casarse por su hija, pero detrás de eso también pensaba que esta era su última oportunidad para tratar de salvar a su niña.

Lo conocí en Humberstone, era normal que me quedara a dormir ahí, mi padre trabajó en la salitrera y nunca se había ido del todo, yo nací ahí, creo que por ser el primer hogar de su única hija el pueblo siempre fue muy significativo para él, a pesar de que el trabajo no fue del todo satisfactorio y que vio a sus amigos morir a causa de eso, se alejó un tiempo después de que la cerraron, pero regresó para quedarse. Mi padre siempre luchó por la restauración y preservación y todavía tiene más proyectos para las oficinas, su mayor miedo es que las olviden, porque si las olvidan a ellas, los olvidan a todos. Ahora es el protector del pueblo, él personalmente atrapa a los ladrones, pero a pesar de sus esfuerzos, siempre hay alguien robándose una parte del pueblo. Muchas veces tuve miedo de que le pasara algo, que esos ladrones le hicieran daño, pero él decía que los espíritus lo protegían, con el tiempo llegué a creer que eso es cierto. Cuando yo me quedo a dormir escucho toda clase de ruidos y veo sombras o esferas de luz cruzándose de un lado a otro, supongo que son los espíritus de los que habla mi padre. Tienen un acuerdo mutuo de protección.

Cada casa del pueblo es una puerta al pasado, las fotos viejas de los que solían vivir ahí seguían enmarcadas y colgadas o en sus portarretratos junto a las camas, las personas que vivieron ahí lo habían dejado todo pensando que volverían alguna vez. Más que miedo, estar ahí me daba tristeza, pero pensaba que mi presencia haría el lugar menos tétrico, no porque fuera yo sino porque ese lugar esperaba a alguien que nunca venía, yo quería ser el placebo de esa vivienda. Una noche me preparé para dormir y cuando me senté en la cama escuché un ruido fuerte, como si las cacerolas que seguían en la cocina se hubieran caído, pensé rápidamente sin querer pensarlo demasiado, que podía ser una vizcacha o el viento, aunque sabía que era muy probable que anduviera algún fantasma en la casa, pero si consideraba esa posibilidad ya no iba a poder dormir y yo estaba muy lejos de mi casa como para salir huyendo. Los ruidos continuaron, parecían pisadas de alguien afuera, pies que se arrastraban, pero no había nadie más en el pueblo. Mi padre me aconsejó que si los escuchaba no fuera curiosa, pero ese consejo me dio aún más curiosidad. ¿Qué no quería que viera? ¿Podía ver algo más que sombras y esferas de luces? Pensé que mi padre no quería que viera algo horrible que me espantara a muerte, pero no me importó, me puse los zapatos y salí a la callejuela, no había ninguna luz, no hice ruidos, quería atraparlo y verle a la cara, que no tuviera tiempo de esfumarse. Seguí el sonido de las pisadas, estaba muy oscuro, la noche estaba estrellada y se veía hermosa, se veía más lo que había en el cielo que lo que había en la tierra. En algún momento me di cuenta que las pisadas eran tan reales, que no necesariamente debían de provenir de un fantasma, podría haber un humano ahí, conmigo, yo estaba sola, mi padre tuvo que ir a la ciudad para realizar algunos trámites y me encargó que vigilara la salitrera por un par de días, nadie le pagaba por cuidarla, lo hacía por amor, y yo por amor a él.

—¿Papá, estás ahí? —pregunté muy despacio como si los ladrones no pudieran escuchar a ese volumen pero sí mi papá.

Seguí buscando el origen de las pisadas, todavía no podía ver nada, esperaba que fuera un animal, pero uno pequeño al que pudiera espantar fácilmente, aunque sabía que me hacía falsas esperanzas todo indicaba que había otra persona en el pueblo, podía ser uno de esos visitantes en busca de fantasmas, esa era la mejor alternativa, pero también podía tratarse de una secta satánica, mi padre muchas veces me contó que había sacado a muchos satánicos, odiaba que dibujaran estrellas con pintura roja por las paredes, tenía que repintarlas al día siguiente. Yo no quería encontrarme con ellos, no me importaba ver espíritus, pero ver demonios era otra cosa, podían quedarse para siempre en Humberstone y quién los iba a sacar. Además no quería pintar las paredes al día siguiente, podían hasta manchar el piso, no podía permitir que lo hicieran. Después pensé que podían estar armados, eso era más peligroso que verle la cara a un alma en pena. Seguí caminando tras sus pasos, escuché que se detuvo, vi su silueta, era un hombre que se detuvo al borde de la piscina vacía, no entendí qué estaba haciendo, parecía que él tampoco. Vi como dio un paso al frente, grité para advertirle pero pasó muy rápido, lo vi caer al fondo. Sospeché que el hombre era sonámbulo. Corrí a verlo, bajé a la piscina y tomé su pulso.

—¿Dónde estoy? —dijo el hombre al despertar.

—En la piscina de Humberstone —respondí.

—¿Humberstone? —repitió tocándose la cabeza— ¿Quién sos vos?

—Me llamo Laura ¿y tú?

—Santa Laura… —murmuró.

—¿Cómo?

—Me llamo Dag. Dag Wolbifk. Te pasaría la mano, pero me duele todo el brazo.

—No te preocupes. Te haré un cabestrillo y luego te ayudaré a subir, no tengas miedo.

Fui a la oficina de mi papá, conseguí vendas y un botiquín. Dag no tenía heridas sangrantes, inmovilicé su brazo y lo ayudé a subir para que pudiera descansar en una cama, rengueaba. El miedo que yo tenía se me pasó, no lo conocía pero así malherido era indefenso, por lo que no me preocupé. Había algo que me decía que podía confiar en él. Mi primera impresión fue que era muy guapo, inspiraba ternura, nunca había visto a un hombre con pecas, traía unos anteojos graciosos con marco grueso y rojo, copete y pelo corto, alto, delgado, casi puro hueso, pensé que tenía veinte años, máximo veinticinco, pero tenía entonces cuarenta, me emociono al recordar ese momento, la primera vez que lo vi. Para mí, fue como un ángel;

un ángel que cayó en una piscina vacía.

—Creo que puedo aguantar así —me dijo mientras le inmovilizaba el brazo—. Creo que no es grave...

—Mañana llamaré al doctor.

—No, no te preocupes. Mañana me iré de aquí —afirmó.

—No es necesario...

—Sí, es necesario, hay alguien a quien le importará saber cómo estoy.

Hablaba de Aylana, aunque yo no lo sabía todavía. A decir verdad, en ese momento pensé que deliraba, toqué su frente para saber si estaba caliente, su piel estaba tibia pero no era fiebre. Estaba triste y confundido, le ofrecí una taza de leche caliente, él me pidió que le pusiera café. Tenía miedo de quedarse dormido.

—¿Cómo llegué hasta la pileta? —me preguntó.

—Caminabas dormido.

Preparé su café y se lo enfrié cuchara a cuchara, es que se veía tan frágil como un niño y a mí me gustaba cuidarlo. Él se había dado cuenta rápido de eso y algo raro le ocurría al respecto, le gustaba pero no quería que yo lo atendiera bien. Ni siquiera me miraba a los ojos, cuando me hablaba su mirada siempre estaba fijada en otra parte, llegué a pensar que estaba ciego. Lo cubrí con mi frazada limpia, no con las que la gente abandonó quince años atrás. Quería darle lo mejor. Arrimé una mecedora junto a su cama, aunque él dijo que no hacía falta. Le canté para que se durmiera.

—¿Qué estás haciendo? —me preguntó con desaprobación.

—Estoy cantando, no te gusta.

—No —respondió bostezando—. En realidad... tenés una voz muy dulce, pero no estoy acostumbrado a que me canten...

—Entonces me quedaré en silencio.

Dag apretó los labios y los movió de un lado a otro.

—Si querés cantar, cantá —dijo.

Le canté una música triste que yo solía escuchar cuando era

niña, era una canción de protesta que nació en las salitreras y la cantaban los descendientes para mantener viva la memoria de las víctimas de la injusticia y la guerra. Se quedó dormido rápidamente, lo acompañé para asegurarme que no caminara sonámbulo a ninguna parte, me quedé despierta toda la madrugada para evitar que se hiciera daño dormido, por suerte, esa noche durmió profundamente. A la mañana siguiente, cuando desperté él ya estaba con los ojos abiertos mirando la pared.

—¿Te traigo algo? —le pregunté.

—Tengo que irme de aquí.

—Quédate un día más, podrías hacerme compañía.

—Pero tengo que irme… Es solo que estoy muy cansado, no creo poder levantarme.

—¿Quieres que llame a alguien?

—No, no quiero que me vean así. Espero poder estar mejor mañana.

Preparé un desayuno y se lo llevé a la cama, estaba extrañamente feliz con ese hombre herido en una casa que no nos pertenecía a ninguno de los dos. Quería que estuviese cómodo como para que no me dejara. Yo no lo sabía en ese momento, pero él me detestaba, pasamos juntos medio día, le preparé comida y le dije que iría en mi bicicleta a la casa del doctor para traerlo, no le dije "no vayas a ninguna parte", porque en ese estado no podía moverse, pero debí hacerlo.

Cuando regresé su auto estaba en otro lugar, a él no lo encontré en la habitación en la que lo había dejado, sino que estaba en la pulpería, encorvado sobre la barra, lo escuché sollozar. Entré a verlo, el doctor se quedó afuera mirando su reloj.

—¿Qué tienes?

—Aquí no hay alcohol de verdad —dijo.

—Mi padre tiene aloja en su oficina.

Dag no me miraba, tenía gruesas lágrimas corriendo por sus mejillas. Sujetó mi mano y la puso sobre la barra, me apretó fuerte, sentí su miedo. Me senté con él y lo abracé.

—¿Te duele mucho? —le pregunté.

—Muchísimo… —respondió llevando mi mano hasta su pecho, sentí su corazón latiendo rápidamente—. Creo que voy a morir…

—No digas eso.

También yo quería llorar. Llamé al doctor para que entrara a verlo ahí, pero Dag se negó.

—¡Que se vaya! No quiero que me toque, quiero morir.

—No quieres morir, hay muchas formas de morir y tú estás vivo, así que no, no quieres morir.

—Necesito fumar comesapos —me dijo.

Pero él no necesitaba hierba de comesapos, necesitaba alguien que le abrazara y le dijera que todo iba a estar bien, así que eso fue lo que hice.

—¡Dejame! ¡No me toques! —me gritó—. No me conocés, yo no te conozco a vos, no quiero que me abraces.

Estaba rabioso, como si yo no hubiera hecho nada más que tratarlo bien, me enojé; pero ahora veo que estaba molesto conmigo precisamente porque fui buena y él buscaba a alguien que lo aplastara en la palma de su mano y se riera de la masa amorfa que quedara de él. Ese era Dag, la soledad se había enamorado de él y era celosa. Él quería ser feliz pero no sabía cómo, era torpe en cuanto a vivir. La normalidad era un arte muy refinado para él, estaba más cómodo tragando fuego.

Arrojó todas las cosas que estaban en la pulpería, hasta las más antiguas, esperé a que terminara de destrozar todo.

—Mi padre lleva años restaurando este lugar. Apareciste como un borracho en nuestra casa, haciéndote daño hasta en tus sueños y yo te di mi cama, mis sábanas, mi comida. No me importa lo que me hagas a mí, pero no te metas con lo que más ama mi padre.

Dicho eso, le di la espalda y me fui. Él era adorable, pero no iba a tolerar que se metiera con mi padre. Estaba cansada de que se burlaran de él, mi padre era un hombre bueno, orgulloso de su patria, sentimentalmente apegado al pasado, él pensaba que algún día el mundo volvería a necesitar nuestro salitre y ese era su único tema de conversación. Yo estaba orgullosa de él, llenaba su lata de propinas con lo que ganaba de cocinera, él nunca se enteró.

Dag me siguió, después de todo no era malo, solo era el resultado de la tristeza y la constante tensión contra el mundo. Yo tampoco era mala, solo era el resultado de no ser nadie. Si estuviera hoy aquí, Dag no permitiría que hable así de mí misma.

Su gesto afectuoso o tal vez de agradecimiento, fue dejarse revisar por el doctor, yo tenía que conformarme con eso. Pienso en él y siento calor en el pecho. Una bola de fuego tratando de ascender por mi garganta.

El doctor le dijo que descansara, que no se fuera a ningún lugar.

—De todas formas, no tengo adónde ir —dijo. Dag jugaba con el ungüento que el médico le dejó.

—¿Para qué es eso? —le pregunté intrigada porque no se lo ponía.

—Para la urticaria de la espalda.

—Déjame untártela.

Al levantar su camisa me asusté y dejé escapar un gemido de espanto.

—¿Qué pasa, Laura?

—Tienes una cruz dibujada en la espalda. Es enorme. Hay letras dibujadas adentro de la cruz.

—Esas letras representan una oración de exorcismo.

—¿Exorcismo? ¿Quién te hizo esto?

—Me lo hice yo…

—No pudiste haberte dibujado esto en la espalda —aseguré casi indignada por lo que creía una mentira.

—Mi piel se dibuja sola. —Buscó en sus bolsillos y me entregó una medalla—. Es San Benito, el protector de los niños perdidos.

Comparé el dibujo de su espalda y el de la medalla, era la misma cruz con las mismas letras. No me llamó la atención que llevara consigo a un protector de niños perdidos, para mí la mayor pregunta fue cómo la medalla se replicó en su espalda.

—¿A qué te dedicas? —le pregunté mientras le ponía la crema sobre su cruz.

—Miento.

—No me digas, ¿y ganas dinero?

—¿Querés que te mienta?

—¿Me vas a cobrar?

Dag se rio y le dolió entre las costillas.

—Soy escritor. Sabés, soy de esas personas que trabajan sin que los demás se den cuenta. Lo de la máquina de escribir o el papel es una mentira, la mayor parte del trabajo se hace en silencio sin mover las manos, tal vez entre la gente, hasta hablando con alguien, a veces mirando por la ventana de un autobús.

—¿Estás trabajando ahora, mientras hablas conmigo?

—Lo perdí —dijo suspirando y miró a través de la ventana cerrada—. Creo que me estoy enfermando por no escribir. He estado muy deprimido los últimos quince años de mi vida y pese a que algunos colegas dicen que la depresión es la cuna de la inspiración, debo decir que yo rebosé todos los niveles. Supongo que algo escribí durante todo este tiempo, solo que no tengo evidencias físicas de ese trabajo. Una parte de mí decidió dejar de mover mis manos o mi lengua, una parte de mí dirigió la creación como material interno y prohibido. La otra parte acató.

—¿Pero quieres escribir, no?

—Tus manos son muy suaves. No, no quiero escribir. Me duele cuando lo hago, es la misma cosa que me pasa ahora que me duele cuando me rio. Algo que me resultaba placentero se volvió en mi contra. Aunque sería injusto negar que lo que escribía tenía vida propia desde antes, yo soy solo como un médium que conecta ambos mundos.

—Y ahora le cierras la puerta a ese mundo, ¿por qué? ¿Qué te hicieron los que viven allí?

—Ellos, nada. La culpa es de los que asisten a la comunicación mediumnica como si fuera un espectáculo barato de perros disfrazados de osos andando en monociclos.

—¿Crees que lo que haces es de alguna forma sagrado y lo que los demás hacemos es disfrazar perros y subirlos a monociclos?

—No, no dije eso, pero si esto fuera una entrevista eso que dijiste, en su forma afirmativa, sería el título. Lo que intento decir es que yo no soy arte, yo no soy música, no soy la pintura. Soy un hombre deplorable que ni siquiera recuerda el nombre de su niña. No soportaba la idea de tener que entretener o tener que ajustarme a los preceptos de urbanidad y cortesía, yo solamente quiero hacer lo que me gusta y desde el momento en que te pagan por hacerlo... estás haciendo otra cosa.

—¿De qué niña estás hablando?

—Te dije que no recuerdo. Una vez, estaba firmando libros y se acercó una mujer a mí mesa, me preguntó si yo era Dag Wolbifk, me dijo que mis obras eran satánicas y pornográficas, profanas, obscenas, degeneradas. Le dije que no era mi deber criar a sus hijos.

—¿De verdad le dijiste eso?

—No, yo soy un cobarde.

—¿Cómo puedes recordar eso y no el nombre de tu niña?

—Tal vez no lo recuerdo bien, posiblemente yo no estaba firmando libros y no era una mujer la que se acercó, quién sabe si dijo todas esas cosas o las inventé yo, después de todo es mi trabajo. Creo que sí pasó, pero le pasó al escritor que estaba a mi lado. Él sí le respondió que no era su deber criar a sus hijos. No recuerdo quién era, pero de seguro no era un cobarde como yo.

—¿Estás jugando conmigo? —me reí.

—Siempre juego cuando estoy triste, era esa clase de niños. El mejor juego era escribir, era todo lo que hacía.

—Pero ya no escribes porque tienes miedo…

—No, no, no. Esa es la razón por la que uno empieza escribir.

Dag tomó mis dos manos, para que dejara de darle masajes, me acercó a él y me sentó en la cama, en una orilla junto a él.

—Quiero estar solo. No es porque no agradezca tu compañía o no la aprecie, es porque tengo el corazón partido en mil pedazos por una razón de la que no quiero hablar.

—Si te sientes así, necesitas a alguien a tu lado.

Creo que quería quedarse solo para llorar, pero como tardé en irme se soltó mientras yo le hablaba, lloró sobre mis manos, eran muchas lágrimas, no podía contenerse, como me pasa a mí ahora. Lo abracé y lloró sobre mi hombro.

—No te quiero dejar solo.

—No voy a matarme, lo sabés porque hay muchas formas de morir y yo sigo vivo.

—En el que no confío es en el durmiente Dag, ayer trató de matarte.

—El Durmiente Dag, el pistolero del viejo oeste que no perdona.

—¿Y yo quién soy?

Dag me miró a los ojos tristemente, asomó una media sonrisa, forzada, doliente.

—No sos Aylana.

Entré a su cuarto a la madrugada, esperé hasta escuchar sus ronquidos para asegurarme de que estuviese dormido y luego entré. Quería saber más sobre él, datos reales. Me gustaba mucho pero no sabía en dónde terminaban sus cuentos. Busqué su billetera y la llevé afuera de la casa para observarla con la linterna, la temperatura había bajado mucho, no sabía si temblaba de nervios o por el frío. Vi su documento, el lugar y fecha de nacimiento, tenía la medalla de San Benito, una llave, dinero y una tarjeta de crédito, nunca antes había visto una, pude corroborar que su nombre era real o que tenía una identificación falsa, lo demás no me decía nada, abrí un compartimiento de la billetera que parecía hecho con un bisturí y rescaté un viejo recorte de periódico que estaba bien doblado, decía: "Niño abandonado busca a sus padres", y debajo estaba la foto de un niño de cinco o seis años llorando junto a un hombre uniformado. ¿Quién era ese niño? ¿Por qué Dag cargaba esa triste noticia con él? Creo que nunca lo sabremos, o tal vez la respuesta sea simple, a él le gustaban los souvenirs.

A la mañana siguiente le llevé el desayuno a la cama, emparedado, café, porotos, cocho con bistec; él me esperaba. Sus ojos estaban rojos e hinchados, pero su sonrisa no era forzada como la noche anterior, un poco doliente y otro poco brillante. Me preguntó a qué me dedicaba.

—Soy cocinera. ¿Pero sabes qué es lo malo de ser cocinera? Que los comensales no acepten que yo soy solo el instrumento con el que los ingredientes llegan a la mesa. Yo no soy el guiso... —bromeé.

—Veo lo que estás haciendo pero eso no es cierto, vos no sos un instrumento, sos la magia que une todos los ingredientes que por sí solos no saben exquisitos. No trates de victimizarte como si fueras yo, ¿no es suficiente con aguantarme a mí?

Nos sentamos en el comedor de otra gente, andábamos por ahí como si fuera nuestra casa y nosotros parte del embrujo que la perpetuaba.

—¿Cómo se te ocurren las cosas que escribes? —le pregunté, ubicando mis brazos cruzados sobre la mesa y apoyando mi mentón sobre ellos.

—No quiero ofenderte, pero odio esa pregunta —me dijo mientras comía, daba la sensación de que no se había alimentado en mucho tiempo, cosa que era probable.

—¿Y qué no odias?

—Leer. Supongo que escribir es una continuación mecánica de una lectura que nunca quiso acabarse.

—Y cuando escribes, ¿piensas constantemente en el mensaje?

Yo pienso primero en el sabor cuando voy a cocinar y cuando casi lo siento en la lengua me pongo a trabajar buscando ese sabor. ¿Te pasa lo mismo?

—Si llamás al sabor "mensaje", no, no me pasa lo mismo. Yo también voy buscando el sabor que siento en la lengua. Pero es eso, sabor y nada más. Escribir con el propósito de enseñar un mensaje no es lo mío, escribir es estar en un estado de contemplación, por eso como ya no podía escribir y lo necesitaba, vine aquí, porque estar solo es el camino del autoconocimiento y además escribir es como ser un fantasma en el desierto. Estoy recreando ese estado de contemplación para que lo que perdí, vuelva a mí.

—Pero cuando estás frente a la hoja en blanco, ¿cómo es el proceso para que salga la primera palabra, cómo sabes con qué palabras empezar...?

—Esa hoja en blanco es como la güija, pongo las manos encima y no pienso. No soy la entidad que toma las decisiones, que premia o castiga. Mientras escribís tenés que olvidarte de quién sos, de qué tenés que hacer mañana o cuánto ganás. Cuando escribís tenés que olvidarte de que existís. Sos apenas eso que les produce escalofríos a los personajes cuando están solos y sienten que alguien los está mirando.

—Si es algo que simplemente te sale, como dices, algo que no requiere ninguna voluntad, ¿cómo es que dices que ya no escribes? ¿Por qué no te sientas frente a una hoja en blanco y dejas que todo fluya?

—Ya nada fluye. Ese es el problema.

Terminó de comer y amontonó los cubiertos sucios, yo los levanté para llevarlos a lavar. Parecíamos una pareja casada.

—Es como si estuviera bloqueado —dijo muy pensativo—. Se escuchan voces a lo lejos, pero nada claro. Mis manos dejaron de moverse. Siento angustia frente a página en blanco, antes no me pasaba.

—¿Antes de qué?

—Antes de perder a mi niña.

—Esa niña… ¿realmente existió?

—¿Qué querés decir?

—Nunca dices su nombre.

Desvió la mirada, estaba avergonzado.

—No lo digo… porque no lo recuerdo y es muy triste admitirlo.

—Eso pasó y te olvidaste de todo, por eso no puedes escribir. Intenta visualizar lo que quieres recordar, ¿cómo era el rostro de tu niña? ¿De qué color era su pelo?

—No lo recuerdo.

—¿Qué sentías cuando tu libro se vendía? ¿Puedes recordar eso?

—Todavía se venden, pero ni siquiera recuerdo el título de ninguno. Aparece el dinero en mi cuenta, pero yo no recuerdo ni el diseño de las tapas. Aunque tengo recuerdos aleatorios como que… una vez alguien dijo que los finales de los libros deberían de sorprender. Disiento. No pienso en el final cuando escribo, las cosas se escriben solas y tienen el final que quieren, a mí me gusta escuchar el sonido de las palabras cuando se dibujan en la hoja. Nunca pienso en el final, mucha gente espera el final y se decepcionan cuando no hay una sorpresa. Es una obra literaria, no una piñata. Es un camino que cruza el desierto.

—El baile del tiempo. Así se llama uno de tus libros, ¿verdad?

—¿De dónde sacaste eso? —preguntó asustado.

—¿Lo recuerdas?

—Sí. Así se llamaba —respondió contento—. ¿Cómo lo sabés?

—No lo sé, lo estoy leyendo en tu cuello. Parece que tu piel no tiene problemas para escribir.

—Es lo que tengo dentro de mí que busca por dónde salir.

—Deberías de escribir sobre las cosas que amas para no olvidarlas.

—Es demasiado tarde —dijo sonriendo de lado. Le parecía gracioso no tener solución.

A la noche le mostré cómo bailar la cueca nortina, él observó acostado. El tercer día empezamos también desayunando juntos, por la tarde él lloró y por la noche se levantó a bailar conmigo. Al cuarto día llegó mi padre, no se dio cuenta de que Dag se quedaba en una de las casas, pero con él en el pueblo, ya no había excusas para que yo me quedara, mi trabajo estaba hecho. Sujeté mis cosas a la bicicleta y me despedí, cuando me estaba yendo Dag que había salido a despedirme, me gritó.

—¡Necesito que te quedes!

Miré hacia atrás, él era un pilar en ruinas intentando mantenerse erguido a pesar del abandono, todo a su alrededor era de un mismo color, altamente luminoso, árido, polvoriento y quieto, escombros y restos de vías férreas a sus pies, el calor abrasador consumiéndolo, se veía frágil y melancólico. Lo estaba viendo y ya lo extrañaba.

Fuimos a la playa por la tarde, él quería ver el mar.

—¿Qué estamos haciendo acá? —le pregunté.

—Ella está ahí.

Busqué con la mirada, esperaba ver a alguien en la playa.

—¿Quién?

—Ella.

Dag miraba hacia el océano.

—¿Qué te hace pensar eso? —le pregunté. Probablemente estaba delirando.

—¿En dónde más podría estar?

—En la luna —se respondió el mismo.

Era preferible pensar que la niña que perdió estaba en el mar o en la luna, las posibilidades reales eran insoportables, como que un hombre se la hubiera llevado y sus escalofriantes razones. Se me venía a la mente un sótano oscuro con cadenas o una maleta de gran tamaño abandonada en el desierto.

—Hay muchas cosas en el mar que todavía no han sido descubiertas —dije en un sutil intento de consolarlo.

—Lo sé. Que nunca hayamos visto algo no significa que no exista.

—El océano es enorme y profundo —dije.

Ambos mirábamos el mar, el horizonte gris, las embarcaciones, las olas, la espuma en las orillas, al niño que corría en la playa. Yo pensaba en los tesoros hundidos, los esqueletos atrapados en las cavernas submarinas. Él, posiblemente, intentaba recordar el nombre de la niña; esperaba, tal vez, que algo estallara en el fondo del mar y emergiera como un misil una mujer con rostro familiar, virginal y desnuda, con algas en el pelo, con las manos unidas como si rezara, con una concha a los pies como en El nacimiento de Venus. Tomé su mano y esperé con él a que no pasara nada, a que transcurriera el debido tiempo en que uno pierde la esperanza, quería estar con él en su peor momento, abrazarlo con los dedos. Sus dedos largos y delgados, calientes, desesperados.

—La inspiración es como estar con la persona que amás —me dijo—. Una vez que ha llegado a vos no la tenés que dejar ir... Podría nunca volver.

Soltó mi mano y apretó los puños, gritó, más bien rugió, sus ojos brillaban tanto que yo diría que luchaba por no llorar pero todas las lágrimas estaban ahí. Se acercó al mar, yo caminé detrás, había mucho viento, mi pelo volaba sobre mi cara, lo vi tambalearse, casi tropezar, entró al mar hasta que el agua le llegó a las rodillas, tenía algo entre las manos, vi cómo lo arrojó lo más lejos que pudo. El viento me roció con gotas de mar por unos segundos, volqué la cabeza hacia atrás, abrí la boca y sentí el agua que caía del cielo.

—Vámonos —dijo pasando junto a mí.

—¿Qué fue eso? —pregunté.

—La medalla de San Benito.

Pasamos la tarde con juegos de naipes y cuando oscureció nos contamos historias de terror. Él me contó que tenía un amigo que siempre iba al mismo café a desayunar, pedía huevos revueltos con jamón, una rebanada de pan tostado, un vaso de jugo de naranja y un café con leche, siempre le atendía la misma mujer, una cuarentona de nalgas impresionantes, cintura de avispa, abundante cabello negro, un lunar junto a la boca, en fin un bombón, siempre usaba escote profundo y su amigo le decía que cuando esta mujer se inclinaba para bajar los platos él podía ver sus impresionantes melones, ya que no usaba ropa interior; bueno, sé que estas no son las cosas adecuadas para contar en este lugar pero estoy tratando de repetir sus palabras, era muy gracioso cuando lo contaba y muy adorable… Todavía lo amo, por eso se me hace un nudo en la garganta… En fin, este amigo iba siempre al mismo café, se sentaba en la barra y pedía siempre lo mismo, todos los días planeaba cómo invitarla a salir. Mientras lo contaba me imaginaba que yo era ese amigo que comía los huevos revueltos y que Dag era la cuarentona que enseñaba los melones, pero sin melones, solo con un pecho plano y lampiño, una peluca barata y un uniforme rosado con escote, ni siquiera en mi imaginación me animaba a invitarlo a salir. Así que este amigo un día, tartamudeando, le hace un elogio, le dice algo como que tiene unos bonitos ojos, aunque los ojos era lo que menos le miraba. Ella se puso muy contenta, cuando sonrió el amigo de Dag notó que a la mujer le faltaban algunos dientes, aunque no los frontales, sin embargo eso no fue un problema para él, y también enseñó una sonrisa coqueta. Ella sube la mano para arreglarse el pelo, como enviándole una señal de que también le gusta, él ve que en la parte interior del brazo tiene un tatuaje y piensa que ella debe ser salvaje, su corazón se agita de solo pensar que esa noche puede tener suerte. Galantea todo el día, pide pequeñas cosas para consumir como agua y galletas, solo hace tiempo mientras espera que termine el turno de la dama, cuando todos se van él aprovecha para robarle un beso, ella no lo rechaza, le gusta y lo recibe con pasión, el hombre sube sobre la barra, ella lo abraza, él usa lengua y también le besa en el cuello, ya está del otro lado de la barra con ella, empieza a desprenderle la ropa, de pronto siente algo raro entre las piernas, pero los brazos de ella están alrededor de su cuello, "¿Cómo haces eso?", le pregunta. Ella se ríe. Él mira abajo, ve que en lugar de pies tiene manos y alguien saluda "Hola", le desabotona todo el vestido de una vez y ve una cabeza atrofiada al final del torso de la mujer, eran siameses unidos por el torso, el de abajo se paraba de manos para sostener a la mujer.

—¡Por Dios! ¿Y qué hizo tu amigo?

—Bueno, después de que se le pasó el susto, los tres llegaron a un acuerdo —bromeó y ambos reímos.

Yo también conté algunas historias, como la del Kelunche, un ser delgado, pequeño y maloliente que ha sido visto muchas veces corriendo a saltos por las ex oficinas, hay una pequeña construcción entre las casas de Humberstone que parece un nicho pero que en reaidad era la guarida del Kelunche, nadie sabía de dónde había salido, algunos decían que era un extraterrestre. Varios visitantes que tomaron fotos de las instalaciones lo descubrieron al revelar sus rollos. También algo ocurrió cuando mi padre trabajaba aquí y vivíamos todos juntos, yo era una niña entonces, pero lo recuerdo bien. Mi padre se levantó una madrugada porque dice que escuchó ruidos, preguntó si era yo, pero yo estaba durmiendo en mi cama, todo era muy oscuro y no podía ver bien, sin embargo distinguió una silueta delgada, cabeza desproporcionalmente grande, de cuclillas sobre la mesa en la que comíamos, solo pudo ver sus ojos brillantes más grandes que los de un ser humano, saltó hacia él intentando atacarlo, pero mi padre le tiró algo, un zapato, no sé qué, la criatura salió corriendo a saltos dejando un hilo de baba negra. Al día siguiente se enteró que un vecino murió en la madrugada de un paro cardiaco, lo encontraron con los pelos de punta y... no tenía ojos. Las cuencas estaban llenas de una especie de baba negra.

—Un momento, ¿alguien acreditó que ese hombre tenía ojos hasta el día anterior?

—No te burles, Dag. Mucha gente lo vio.

—¿Y los ojos dónde estaban?

—Bueno, la historia no terminó.

Le conté que unos chicos del pueblo escucharon que mi papá

había mencionado lo que ocurrió esa misma madrugada, algunos no se lo creyeron, otros sabían exactamente de qué estaba hablando. Una anciana de ciento dos años, que era como la abuela de todos, dijo que la criatura era el Kelunche, un espíritu travieso que si entraba a la casa movía las cosas de lugar y te arrancaba los ojos si lo veías haciéndolo. Exhortó a los que tenían bebés recién nacidos a que pusieran un espejo sobre la cuna para espantar al Kelunche con su propio reflejo, porque de otra forma podría llevar a los bebés a su guarida para comérselos.

—¿Creés que el Kelunche se llevó a mi niña? —me interrumpió.

—Creo que eso solo lo dijo para asustarnos a nosotros, los niños.

—¿Y funcionó?

—Causó el efecto contrario.

Reanudé mi historia, le conté que varios niños, cinco o seis, querían ver quién era tan valiente como para abrir la puerta de la guarida del Kelunche. Nadie quería ser llamado cobarde o bebé. Aunque tampoco nadie quería abrir la puerta del Kelunche. Fuimos hasta la pequeña construcción que estaba entre las paredes de otras casas, la que parecía un nicho.

—¿Esa era la casa del Kelunche? —me preguntó señalándola.

—Sí, esa era la guarida.

Dag la alumbró con una linterna, se veía tétrica, los ladrillos estaban negros, el techo de chapa retorcida estaba igual, seguía ahí la puerta de madera semiabierta como siempre, suficientemente cerrada como para que no se vea nada y ridículamente abierta como para que creamos que alguien acababa de entrar o salir. Al acercarnos percibimos el olor nauseabundo, recordaba ese olor característico. El tiempo había pasado y a la vez no, yo seguía ahí viendo a los niños del pueblo empujándose hacia la puerta para ver quién se animaba a abrirla. Uno de los pequeños se animó, le seguí contando a Dag, era el menor de todos, bueno, tenía mi edad, era un chico enfermizo siempre pálido, siempre tenía conjuntivitis, frecuentemente se burlaban de él, ese día quiso demostrar que él era el valiente, yo gritaba que no abriera la puerta, moría de miedo por dentro pero era una niña, tampoco quería dejar de mirar. Su nombre era Bruno, tenía un gorro de hilo marrón y un chaleco del mismo color. Todos teníamos miedo, hasta los más grandes, excepto él. Bruno solo quería demostrar que en vano se burlaban de él, que era el mejor de todos. Era septiembre, yo tenía un vestido blanco, Bruno abrió la puerta y todos aguantamos la respiración en ese momento, el silencio fue absoluto, Bruno se rio, todavía escucho el eco de su risa infantil, se metió a la guarida del Kelunche y cerró la puerta detrás de él. Se quedó ahí, los minutos pasaron, yo temblaba, uno de los chicos dijo que debíamos irnos antes de que los adultos nos castigaran. Nadie le hizo caso, los demás seguíamos en silencio y él también calló. Pasó un cuarto de hora tal vez, pero para nosotros fue una eternidad. La puerta se abrió, todavía escucho el ruido que hizo, suave pero profundo, como una navaja filosa que nos partía por la mitad, el cuerpo de Bruno salió rodando y la puerta volvió a cerrarse. Al recordar esto empecé a llorar en los hombros de Dag, tragaba mis propias lágrimas y miraba al cielo, ese niño inocente solo quería respeto.

—¿Cómo es eso posible? —me preguntó Dag.

Llevé las manos sobre mi cabeza y seguí contándole, los más grandes nos amenazaron con matarnos a todos si es que alguien abría la boca, dijeron que se desharían del cuerpo. Estuve muda por no sé cuánto tiempo. Al día siguiente encontraron el cuerpo de Bruno a un lado de la chimenea de las calderas, los chicos lo pusieron ahí la noche anterior para hacer creer que él había tratado de subir y murió al caer. Recuerdo el llanto de su madre, sus gritos, yo abrazaba a la mía. Dijeron que se había desnucado. Alguien adentro de esa madriguera lo hizo. Sus padres sufrieron tanto, su hermano huyó del pueblo y nunca más lo vieron. El padre murió en un accidente de trabajo. Tantas desgracias vivió la pobre madre. En el pueblo creíamos que fue una maldición lanzada por el Kelunche por haber sido visto por Bruno.

—Si creían que había una especie de demonio ahí adentro, ¿por qué no quemaron su guarida para deshacerse de él?

—Lo hicimos.

Dag movió la luz de su linterna alrededor de la estructura, pudo ver las huellas del fuego, gran parte estaba quemada aunque no había durado mucho, los adultos lo extinguieron rápidamente. Dag se movió hacia la puerta.

—¿Qué estás haciendo? —le pregunté.

—Quiero ver al Kelunche.

—¡No! —le grité, empecé a sentir taquicardia—. Te arrancará los ojos, te matará. ¡Por favor, no lo hagas!

Volví a ser una niña orinándose en los calzones y Dag se convertía en Bruno con su gorro marrón de hilo y su chaleco del mismo color, se volvía pequeño y yo veía su pequeña mano posándose sobre la puerta de madera, las imágenes en mi cabeza se volvieron intermitentes, Dag, Bruno, Dag, Bruno, Dag, Bruno. Abrió la puerta, era tan estrecha y él estaba parado en medio, no pude ver el interior. El eco de la risa de Bruno seguía en mis oídos, orbitando como un mosquito sediento de sangre, pero Dag no rio como él lo había hecho, ni siquiera un poco, estaba en silencio parado frente a la puerta, dándome la espalda, yo estaba en la oscuridad, abrazándome a mí misma, con frío y con miedo. Apenas alcanzaba a ver un destello de su linterna de un lado para otro como una luciérnaga.

—Dios Santo... —murmuró.

—¿Qué pasa? ¿Estás viendo al Kelunche?

Siguió en silencio un rato, vi que se levantó la camisa hasta la nariz.

—Laura... ¿Qué pasó con Bruno? —me preguntó sin voltear.

—Murió, te lo conté.

—¿Y después?

—Toda su familia se desmoronó.

—¿Y después?

—Lo enterraron en el cementerio de niños. La cruz todavía está ahí atrás, colgaron en ella un autito amarillo de madera, todavía está ahí, aunque ya no es amarillo. Recuerdo que todos querían jugar con el auto pero no con Bruno. Pensé en cómo es la vida, al final el autito tan codiciado por los niños terminó colgado sobre una tumba.

Dag retrocedió, cerró la puerta y apagó la linterna. Me abrazó, me besó en la frente.

—Lo siento, linda —dijo.

—¿Qué hay adentro?

—Nada.

—No puede ser —dije y avancé hacia la puerta.

—No, no la abras.

No pude ver sus ojos, pero sentí en su voz que era mentira que nada había adentro.

Caminamos a oscuras y en silencio por las calles de Humberstone, íbamos hacia la casa que habíamos adoptado como nuestra, escuchamos ruidos y Dag me empujó contra una puerta que estaba un poco caída y trabada, la forzó y logramos entrar. Se oían voces, como un murmullo, yo tuve miedo.

—¿Qué estamos haciendo? —le pregunté.

—Odio esto… —susurró.

—¿Qué cosa?

—Los tours nocturnos en busca de fantasmas.

—Pueden ser ladrones…

—Pueden ser las dos cosas. Hagamos algo.

Me pasó la linterna, lo alumbré, abrió la ventana y nos saltó polvo en los ojos, llevaba años cerrada, se limpió las telarañas de las manos y subió a la ventana.

—Ya vengo. Será divertido —anunció.

Esperé con la linterna apagada en esa casa, no tenía piso, solo tierra, pero había algunos muebles alrededor. Los pocillos de lata colgados de la pared tintineaban por alguna razón que yo ignoraba, como si sintieran un movimiento telúrico que yo era incapaz de percibir. Dag regresó con una caja de madera en la mano.

—¿Qué es eso? ¿Qué vamos a hacer?

—Es Tom —dijo y abrió la caja.

Apunté el interior con la luz de la linterna, había una cabeza humana adentro, tatuada y sin ojos. Recordé al vecino atacado por el Kelunche, aunque era diferente porque la cabeza de la caja tenía los orificios secos y los del vecino sin embargo…, sentí náuseas. Dag sonreía como un niño. Ese era Dag siendo Dag.

—No es real —aclaró—. Durante mucho tiempo pensé que lo era.

—¿Qué vamos a hacer con eso?

—Vamos a ver si los visitantes realmente están preparados para ver lo que quieren ver.

Él sabía exactamente lo que quería hacer, puso un dedo sobre sus labios para que yo hiciera silencio. Abrió la puerta y nos deslizamos por las calles oscuras. Nos metimos a la carnicería, los frigoríficos seguían iguales, estaban todos los ganchos, solo faltaba la carne y precisamente eso era lo que teníamos. Dag engachó la cabeza al acero y la dejó colgando, como antaño colgaba la res. Sabíamos que lo visitantes irían hasta ahí en algún momento, todo aquel que quiera ver un fantasma va ahí.

Antes de salir miré hacia atrás y la enfoqué con la linterna, la imagen era espeluznante, el gancho todavía se movía por la fricción que hizo Dag al clavar la cabeza, desde ahí se veía real, la piel tatuada, la melena encrespada, los dos agujeros negros y profundos en la cara, una doblez grotesca en donde debía ir la nariz y ese corte torcido en lugar de boca, que parecía cuero desgarrado, sentí un aire frío subiendo por la espina, como si me trepara una araña de hielo. Apagué la linterna y nos deslizamos silenciosamente hasta una casa adyacente desde donde según nuestros cálculos podíamos verlos salir corriendo y reírnos de ellos.

Las cosas ocurrieron más o menos como lo imaginamos…, al

principio. Vimos a ocho personas, hombres y mujeres de entre dieciocho a veinticinco años, no los escuchábamos bien desde donde estábamos pero distinguimos un acento foráneo. Algunos se tambaleaban, uno cantaba, jugaban entre ellos, presumimos que estaban ebrios. Tal y como lo predijimos iban hacia la carnicería, tenían linternas y cámaras fotográficas, uno llevaba algo que parecía una grabadora de voz, estaban emocionados y nosotros también. Deseaba tener yo también una cámara fotográfica o filmadora, entraron todos juntos. Dag se reía.

—Contá hasta tres —me dijo.

—1...2...

Escuchamos los gritos, sonaba igual a una película de terror, salieron corriendo primero dos, los vimos saltar y perderse en la oscuridad, después escuchamos otros gritos, salieron los seis restantes, estaban como locos, notamos que se empujaban, pero todo estaba oscuro, apenas lográbamos ver fragmentos de la escena que eran alcanzados brevemente por ráfagas de luces. Me extrañó que siguieran gritando aun estando afuera, me paré para ver mejor, empañé con mi aliento la ventana por la que los espiábamos, una de las mujeres me vio pero no encontró las palabras o no le salió la voz para avisar a sus amigos que alguien los observaba. Había una persona tirada en la tierra convulsionando.

—Dag, algo ha ocurrido.

Estaban ebrios, asustados, querían huir de una cabeza colgante, uno de ellos tuvo un ataque epiléptico y otro cayó sobre una estaca, pude ver su silueta sujetándola como si se estuviera haciendo el seppuku. Era normal encontrar ese tipo de estacas por todo Humberstone, aunque no era común caer sobre ellas.

—Tenemos que ir ahí —dije.

Los cuatro que se encontraban bien se quedaron a ayudar a sus amigos, los levantaron rápidamente y corrieron con ellos hacia la salida.

Nos pusimos de espaldas a la ventana y nos sentamos en el suelo, ambos estábamos consternados.

—Tenemos que ayudarlos —balbuceó Dag.

—Pero nosotros pusimos la cabeza ahí.

—Es nuestra culpa y nuestra responsabilidad.

Nos levantamos los dos al mismo tiempo, Dag se sobresaltó, encendí la linterna para ver quién estaba afuera y lo vi del otro lado de la ventana, pegado al vidrio sucio y empañado, primero solo se veía su cabello encrespado, como si estuviera agachado afuera intentando escuchar nuestra conversación, se subió lentamente y donde tenían que estar los ojos vi las dos cuencas oscuras como la noche, encostradas de sangre seca, la piel no se veía tan falsa, el rostro pudo haber sido una reconstrucción de varios retazos de un material muy natural, pude ver hasta los hilos bajo los tatuajes, más que remiendos parecían cicatrices. Me tapé los ojos con las dos manos y Dag me protegió entre sus brazos.

—Nos están pagando con nuestra propia broma —dije.

Dag se quedó petrificado, levanté la mirada para ver qué le pasaba, su boca permanecía abierta y las cejas arqueadas hacia afuera, estaba en estado de shock. Volví a mirar la ventana, ya no estaba, salimos de la casa a buscarlo y alumbramos a lo largo de la calle, vimos de espaldas a un solo hombre que se alejaba, no llevaba ninguna cabeza en las manos como yo esperaba, solamente sobre el cuello.

Preparé café caliente, no era de buena calidad, de hecho sabía aguado, pero fue necesario y nos calentó hasta el alma. Cada vez que recordaba al chico convulsionando, al otro con la estaca y al que estaba en la ventana, sentía escalofríos. Dag me colocó una manta sobre los hombros cuando me vio tiritar.

—La otra vez soñé con un hombre ordinario, estaba atrapado en un sistema en el que no era nada, una vida carente de emociones, de proyectos, hasta de pasado. Me sofocaba soñarlo, pero ahí estaba él mirando al vacío pensando en nada. Cuando desperté pensé en lo ridículo del sueño, era tan vacío, tan absurdo que me producía fascinación. Soy un hombre que escribe fantasía y en lugar de soñar algo disparatado como todos, soñé algo aburrido. ¿Se trataba de mi propio subconsciente saboteándome?

—¿Por qué me cuentas esto?

—Porque me siento cómodo contigo, es la única razón.

—¿Quieres que te diga algo sobre tu sueño? Tal vez tu subconsciente trata de darte ideas para que vuelvas a escribir.

—Si lo hiciera, ahora estaría escribiendo. Generalmente en mis sueños busco respuestas, como cuando escribo. Ahora no entiendo lo que me trata de comunicar.

—Podrías estar perdiendo la capacidad de imaginar y tu subconsciente no tiene material para construir tus sueños.

—Ese es mi mayor temor...

—Mi mayor temor es el olvido. Que me olviden —dije.

—Eso es muy triste —dijo sinceramente entristecido—. He olvidado casi todo de mi niña, apenas me queda el sentimiento de búsqueda, pero no sé ni qué estoy buscando.

—Es mejor estar en constante búsqueda que sin nada.

—Algún día me olvidaré de ella y ella de mí, será como si nunca nos hubiésemos conocido, como si nada hubiese ocurrido.

—Tienes que escribir su nombre en una piedra y ponerla en el camino, para que cada vez que alguien pase y lea su nombre ella sea recordada.

—No recuerdo su nombre..., podría ser Beatriz, Luna o Serpiente.

—Entonces escribe en la piedra: "Dag nunca dejó de buscarte"

—Eso estará escrito en mi lápida.

Nos tendimos en la cama uno al lado de otro, con la ropa puesta pero sin zapatos, Dag dobló un brazo detrás de la nuca y ambos miramos el techo, por algunas grietas se veían las estrellas.

—¿Estás casada? —me preguntó.

No pude evitar que se me derramaran las lágrimas.

—Sí..., pero él me dejó.

—Lo siento —dijo y tomó mi mano.

—¿Y tú?

—Ya sabés la respuesta. No lo recuerdo. Cuando perdí a mi niña lo perdí todo, perdí el alma. Tal vez deberías prestarme la tuya, alma pampina.

—La tienes —respondí y él volteó hacia mí.

Estaba enamorada y él lo notaba, pero prefería hacerme creer que no para que nuestra relación no se volviera incómoda. No me amaba, posiblemente solo sentía compasión o agradecimiento. Dormimos como dos amigos asustados que duermen en un pueblo fantasma, espalda contra espalda. Sin embargo, al día siguiente algo más pasó.

—¿Qué prefieres cuando te publican: el dinero, ver tu nombre publicado, que te lean o la posibilidad de no ser olvidado? —pregunté mientras le cosía un parche a su camisa.

—Odio ese tipo de preguntas.

—¿Y qué no odias?

—Leer... y a vos.

—Entonces contéstame.

—Disfruto cuando escribo, no disfruto nada de eso que viene después de poner el punto final. Lo que importa no es que me lean, es que me entiendan y que descifren los códigos secretos que las voces a mí no me han explicado, disfruto de ese círculo mágico del que somos parte el escritor y los lectores, ese en el que compartimos la existencia de un mundo que no existe para los demás que no han leído cierta obra. En cuanto a la posibilidad de no ser olvidado debo decir que hay muchos escritores que han sido olvidados, cuyos nombres no recuerdo. Por otra parte, el dinero es tramposo y peligroso, me permite hacer lo que quiero, pero siempre se lleva algo a cambio. En general, no me gusta la exposición, soy antisocial, no me gusta hablar, prefiero escribir. Contigo me suelto no sé por qué.

—¿No crees que es incorrecto cobrar dinero por algo que te gusta hacer?

—Lo incorrecto sería cobrar dinero por algo que no me gusta hacer. Esa es un trampa en la que es fácil caer.

—¿No sientes nada por mí?

—Esa pregunta está desconectada de las demás, ¿creíste que iba a contestar mecánicamente todas las preguntas sin darme cuenta? —dijo riéndose—. ¿Vos sentís algo por mí?

—No algo, todo.

Dag se sonrojó. El cielo se vistió de un color rosa intenso, como sus mejillas. Estábamos pintando una de las casas, pero en algún momento dejamos de hacerlo, bajamos las brochas y nos sentamos en la tierra.

—Entremos —dijo y me rompió el corazón.

Íbamos a jugar a las cartas o a los dados, realmente no teníamos nada que hacer, teníamos tiempo, yo pensaba que tiempo sin fin.

—¿Te conté la historia del hombre que entró a la carnicería y salió veinte años después?

Movió la cabeza y me abrió la puerta.

—El hombre desapareció aquí en Humberstone...

—Como mi niña.

—Sí, como tu niña. La esposa y los hijos lo buscaron durante veinte años. No había rastros de él, crecieron, el tiempo pasó, la esposa se casó con otro hombre, los hijos pusieron una cruz en el cementerio para tener adónde ir para recordarlo. Cuando todos se dieron por vencidos y pensaron que jamás lo encontrarían...

—Pensaron que estaría en el fondo del mar.

—Pensaron muchas cosas, creyeron muchas cosas, pero lo cierto era que él nunca regresaba. Hasta que un día...

Dag abrió más los ojos, sus pupilas se dilataron, bajó los naipes.

—...alguien venía por el desierto y vio a un hombre en medio de la nada, su ropa era diferente, un estilo que no se veía desde hacía veinte años. El que lo encontró lo ayudó a llegar al centro de Pozo Almonte, su familia lo reconoció de inmediato, estaba igual que cuando desapareció, pero él no los reconoció a ellos, habían cambiado tanto. Él no sabía que habían pasado veinte años, solo recordaba haber entrado a la carnicería y salido el mismo día en otro lugar del desierto.

—¿Lo conocés?

—Cuando descubrió lo que había pasado, que se había perdido veinte años de la vida de su familia volvió a meterse a la carnicería para intentar recuperar los años, pero nunca más salió.

—Lo perdió todo —dijo Dag y suspiró.

—Todo.

Dag se mudó de silla y se sentó a mi lado, tiró su cabestrillo y cruzó un brazo detrás de mis hombros, me inclinó hacia atrás, me miró a los ojos y me besó. Claro que lo besé también, nos besamos, nos quisimos. Lo besé con ganas, con desesperación, como si el mundo fuera a acabarse, como si una bomba atómica estuviera estallando detrás de nosotros, como si yo pudiera ver el gran hongo de humo por la ventana y supiera que ese beso me salvaría y que si fallaba que al menos ese beso fuera mi último acto en la Tierra.

Sonrío porque lo recuerdo y lloro porque lo extraño. Todavía me parece que siento sus brazos alrededor de mi cuerpo, me levantó, la silla se cayó, él la pateó, me llevó hasta la cama.

—Tengo que escribir sobre vos —me dijo—, sobre tu nombre… que es Alma Pampina.

Estaba tan enamorada, era suya, completamente, me saqué el vestido por arriba rápidamente como si temiera que cambiara de opinión, él me ayudó a pasarlo por lo brazos, lo dejó sobre mi cara y me besó el cuello y luego terminó de sacarlo. Mi corazón latía rápidamente. No tienen que saberlo todo, solo tienen que saber que fue una explosión de deseo y amor, que yo veía a través del techo, que veía el cielo rosado y que las primeras estrellas surgieron en el firmamento para espiarnos.

Era maravilloso, me sentía ligera y eterna, nosotros éramos la bomba atómica, todo alrededor escombros y fragmentos irreconocibles de la vida. Dag se acostó sobre mi pecho, exhausto.

—Necesito un cigarro de hierba de comesapos —dijo.

—Esto es mejor que los comesapos.

—Sí, quisiera prolongarlo…

Y así, de repente, sentí náuseas. Mareo. Asfixia. Lo empujé y salí corriendo de la casa. Me examiné, mi piel se estaba volviendo azul y me inflaba.

—¿Qué me hiciste? —le dije.

—Nada raro —dijo, sorprendido, parado desnudo en la calle.

—Algo hiciste —insistí.

—¿Qué te está pasando?

Sentí que mis pies se despegaban de la tierra.

—Sujétame, pronto —ordené extendiendo mi mano hacia él. Él me sujetó, estaba tan asustado como yo.

—Tienes que traer una cruz —le dije—. Pero no me sueltes.

—¿Dónde voy a encontrar una?

Le dije que en el cementerio y me llevó como un niño lleva un globo o un volantín. Ya estaba oscureciendo, el campo de cruces de todos los tamaños que era el cementerio se veía hermoso. Le señalé un viejo rosario que colgaba de una de las cruces y me lo alcanzó, coloqué la cruz del rosario sobre la frente y Dag repitió algunas palabras que yo desconocía.

—Vade retro Satana numquam suade mihi vana.

La cruz se hizo polvo, mi cuerpo se deshinchó y caí a la tierra.

—Me contagiaste una enfermedad destructiva. ¿Qué hiciste hoy, Dag? —dije entre sollozos.

Se cubrió el rostro y supe que lo que sugería era cierto.

—Lo siento, yo no quería hacerte esto…

Estábamos desnudos en el cementerio, llorando. Y si alguien hubiese pasado por ahí, qué habría dicho. Que éramos almas en pena… y no se habría equivocado.

—Escuché música y busqué su procedencia, la música me atrajo hasta el teatro, había una vamp bailando charleston en el escenario. Me miraba a los ojos, yo estaba hipnotizado…

—¡Qué hiciste, Dag! —le grité.

—Yo me sentía solo —respondió con voz temblorosa.

Le arrojé tierra a los ojos y corrí a buscar mi ropa, quería salir de ahí lo más pronto posible.

—Lo siento, no fue mi intención lastimarte —dijo parado en la puerta mientras yo me vestía.

—Pero lo hiciste, porque yo no te importo.

—No había nada entre nosotros, yo me sentía solo...

—¿Por eso lo hiciste conmigo? Porque te sentías solo...

—No, por eso lo hice con la bailarina.

—¿No te das cuenta? No era una bailarina, era una bruja. Deberías ponerte también una cruz en la frente, ella destruye todo a su paso, está protegiendo este lugar para ella. Te usó para destruirme, para sacarme de aquí.

—No lo sabía, ¿creés que quería hacerlo con una bruja?

—Qué sé yo, te sentías solo. Lo habrías hecho con cualquiera. Por eso lo hiciste conmigo —dije apartándolo de la puerta.

—Alma Pampina, por favor no me dejes. Mis sentimientos por vos son auténticos...

—Hace un rato hubiese dado lo que fuera para que nunca me olvides, pero ahora quiero que lo hagas. Olvídame, no escribas mi nombre en una piedra.

Eso fue lo último que le dije. Ni siquiera miré atrás. Quedaron muchas cosas por decir, te amé Dag Wolbifk y rompiste mi corazón, pero eso no quiere decir que te haya dejado de amar alguna vez.

Hoy vine a despedirte para que no te vayas solo, porque así viviste y no mereces irte de igual manera. También vinieron estas personas a despedirte, algunas de tu círculo mágico para las que no fuiste prescindible.

Intenté ahogarme en el mar, los guardavidas me rescataron. No quería morir, creo que me afectó la cantidad de pisco que bebí antes de lanzarme al agua, tal vez llevaba días así o semanas, el tiempo se volvió borroso en mi memoria. Probablemente mi idea era respirar en las profundidades del Pacífico, como un pez o un ihti. Lo último que recordaba, aparte del pisco, era a Aylana en el retrovisor, enojada porque me iba. Me equivoqué al dejarla, pero también me había equivocado al perder a mi niña. Subí mojado al auto y lloré en el estacionamiento de una hamburguesería, no sabía qué más hacer. Podía salir del país y regresar a casa, recoger el diario y leerlo frente al televisor, llamar al editor preguntarle qué quería y cuánto ofrecía. Tal vez escribiría algo frío y muerto como aquel sueño que tuve del hombre ordinario y su abulia. A alguien le iba a gustar, a alguien muerto por dentro que nunca fue iluminado. Sin embargo, me planteé que si iba a vivir para hacer eso, ¿no era mejor elegir la muerte?

El plan inmediato era buscar un lugar donde pasar la noche y al otro día huir con Aylana. Como no quería ser encontrado, ni quería cruzarme con nadie, menos estar solo, decidí pasar la noche en Humberstone, como cualquier hombre de mala vida. Nadie me vio entrar, elegí una casa y me metí como si fuera la mía, todos los muebles seguían ahí, solo era cuestión de sacudir el polvo. Estaba tan cansado que no tardé en quedarme dormido. Horas después desperté tras una dolorosa caída, cuando abrí los ojos estaba en el fondo de una piscina vacía y un ángel me estaba mirando.

Su nombre era Laura y al principio quería que me dejara en paz. Era hermosa, su piel se veía fina casi transparente, al verla me preguntaba cómo alguien que vivía en el desierto podía ser tan blanca, solamente tenía color en los pómulos, como pinceladas poco menos que rosadas. Sus ojos tenían un tono avellana, sus labios parecían delicados y tenían algún brillo artificial que creaba ilusión de humedad, cada uno de sus rasgos era exquisito. Dijo que caí porque estaba soñando, pero a mí me parecía que el sueño continuaba. Me curó y me cocinó, tuve ganas de dormir en sus brazos y que me arrullara. Desafortunadamente no tenía lugar para ella y eso era frustrante, acababa de proponerle matrimonio a una mujer y debía casarme o terminar con ella. Ni siquiera recordaba si ya estaba casado, no podía complicarme más con una segunda o tercera mujer. Mientras me cantaba y yo soñaba con jugar con ella a la casita fantasma por siempre, me di cuenta de que tenía que hacer algo al respecto lo antes posible.

Por la mañana aproveché que ella no estaba para ir a buscar a Aylana, no recordaba cuánto tiempo había pasado desde que me fui de la aldea, no llevaba la cuenta de las fechas, aun así esperaba que el enojo ya se le hubiese pasado o al menos que al verme me perdonara todo y aceptara irse conmigo a cualquier parte. Pero ella no estaba en su casa, Anelén fumaba su pipa enfrente de la choza, cuando me vio se levantó y entró para evitarme, lo seguí hasta adentro. Aylana no estaba y no regresaría nunca más. Me enteré que había ido sola a cazar para demostrar que todos nos equivocamos con ella, estoy seguro de que habría podido cazar un gran puma o lo que hubiese querido, pero Anelén me contó que cuando fueron a buscarla ya era muy tarde.

—Fue un alacrán, lo sé, vi eso muchas veces. Ella estaba preparada para luchar con algo grande, le ganó algo pequeño. No creímos en ella, como ella no creyó en el alacrán.

Anelén no lloraba, estaba resignado, se consideraba también un animal salvaje, y en su posición de depredador había matado las crías de muchos animales y no discutía con la naturaleza, parecía que su última palabra al respecto era aceptar su forma de hacer justicia. Tomó el artefacto que usaba para cazar y no pude seguir mirándolo, lo dejé hablando solo.

Pude haber terminado con ella ese día, pero cuando la perdí definitivamente quise volver a su lado. No pregunté dónde la habían enterrado, me fui como la última vez, solo que su reflejo ya no estaba en el espejo, pensé en que nadie más leería sus libros y en cómo ella se había ido de este mundo enojada conmigo. Le dije que no podría hacer lo que los hombres hacían y nunca pudo demostrarme lo contrario por haber tenido mala suerte. Habrá sufrido agonizando en el desierto y aun así me atrevo a decir que yo sufrí más. Creía que de alguna forma la había matado yo, y tiene sentido. De haber estado con ella o de haberla llevado conmigo, eso no hubiese sucedido. Estaba matando lo que amaba y todavía tenía la indecencia de seguir vivo. Peor me hacía sentir el amor de Laura, aunque lo necesitaba, su perfección me incomodaba, pensaba que lo más seguro era que yo terminaría matándola o perdiéndola. O tal vez olvidándola, que es lo mismo.

Laura era un ángel que había llegado para salvarme, pero cuando ya dejé de buscar la salvación. Sabía que ella no hacía las cosas para agradarme, esa era su forma de ser, pero no era esa persistencia lo que me molestaba, sino mi resistencia. Todas las cosas que ella hacía, hasta respirar, sobre todo respirar, era una afrenta a mi voluntad, no podía con ella. Detestaba todas las cosas lindas que hacía por mí, no quebrarme era mi forma de morir. Odiaba su rostro perfecto, sus labios perfectamente pintados, los odiaba tanto que moría por besarlos.

Su compañía era la lluvia que me limpiaba de todo lo malo. Evitar encariñarme fue imposible. Todavía no había olvidado a Aylana pero sabía que ese día llegaría como siempre, sinceramente la amé y no quería volver a dejarla, eso era lo que ensuciaba mi alma y yo lo que quería era ser ave blanca surcando el cielo bajo la lluvia.

Su nombre era Bruno, tenía un gorro de hilo marrón y un chaleco del mismo color. Ella tenía miedo. Era septiembre, y ella tenía un vestido blanco, Bruno abrió la puerta y todos aguantaron la respiración en ese momento, el silencio fue absoluto, Bruno se rio, se metió a la guarida del Kelunche y cerró la puerta detrás de él. Se quedó ahí, los minutos pasaron, uno de los chicos dijo que debían irse antes de que los adultos los castigaran. Nadie le hizo caso, los demás seguían en silencio y él también calló. Pasó un cuarto de hora tal vez, pero para ellos fue una eternidad. La puerta se abrió, el cuerpo de Bruno salió rodando y la puerta volvió a cerrarse. Al recordarlo empezó a llorar en mis hombros, no podía olvidar la muerte que ocurrió ante sus ojos, era tan vulnerable y al verla así sentí que mis rodillas se doblarían y que caería arrodillado ante ella y que no me levantaría hasta ser ungido con el santo óleo de sus labios redentores.

Los niños llevaron el cuerpo de Bruno lejos de donde había fallecido, querían que los adultos creyeran que fue un accidente. Sus padres sufrieron tanto, el hermano huyó del pueblo y nunca más lo vieron, el padre murió en un accidente de trabajo.

Me dijo que quemaron la estructura para deshacerse de un demonio llamado Kelunche, alumbré la estructura y confirmé que fue incinerado. Abrí la puerta aunque ella me suplicaba que no lo hiciera, pero mi intención era buena, quería mostrarle que no había nada de qué temer. Pero estaba equivocado.

Que si creo en los fantasmas, creo en el niño calcinado en la guarida del Kelunche que hedía para que lo encontraran, inclusive casi treinta años después de su muerte. Creo que el más peligroso de los demonios está en el ser humano y no me sorprendería saber que el hermano de Bruno nunca salió de Humberstone.

Abracé a Laura y sentí pena por la niña que fue, solo la víctima de un macabro plan, cómplice involuntaria de la crueldad. Elegí creer en el Kelunche y velé por lo mismo para ella, lo sobrenatural era lo más comprensible.

Tuvimos nuestros preciados momentos, muertos de terror y de deseo, de paz y de pasión, pero lo arruiné como siempre. Es que yo estaba tan solo y confundido, herido sobre todo. Yo era lo que menos quería para Laura. Yo era lo que más se merecía una bruja.

Me atrajo como el canto de una sirena a los marineros, busqué la música y encontré a la hechicera, su nombre era Blafah y había salido de los años veinte. Sus ojos estaban rodeados de una noche oscura, sus pestañas eran las alas de un cuervo, su mirada no tenía vida y sus labios eran rojos como la sangre. Era bellísima, humanamente imposible, se desnudó para mí y se sentó en mis piernas, estaba tan fría que me dio escalofríos, su cuerpo era solamente mi imaginación, su baile fue la droga y ella la alucinación.

Laura me contó sobre un hombre que había perdido veinte años de su vida y que cuando intentó recuperarlos lo perdió todo. Tuve miedo de ser ese hombre, tuve más miedo de darme cuenta que ya era ese hombre. Y la besé, porque no quería perderlo todo, la besé egoístamente porque quería que me quedara algo, la besé porque no quería perder otros quince años, la besé porque era atractiva y estaba ahí, la besé porque ella quería besarme, la besé porque no había otra cosa que quería hacer, la seguí besando porque sus labios eran dulces y porque ahí había encontrado mi hogar, al principio la deseaba, después me di cuenta de que la amaba. Pero me di cuenta muy tarde y en un pestañeo me volví aquel hombre que por querer recuperar algo lo perdió todo. Debí conformarme con su canto nocturno y con las noches que me quedaban con ella, pero en lugar de eso la enfermé y casi la maté. Ella pensó que para mí significó tanto como una bruja desnuda, no sabía que para mí ella lo significaba todo. Hice lo que hice y fue un error imperdonable. Como yo tampoco me pude perdonar me quedé viendo cómo se iba de mi vida.

Enfocate en respirar no te anticipes al futuro, no pienses en el pasado, conocete, quién sos y de dónde venís. Todos los días un universo termina y otro empieza. No prestes atención al cocodrilo en medio del desierto, estás solo. El único sonido en el mundo es el de aire ingresando a tus pulmones. No sientas calor. No sientas sed. No pienses en nada. Lo único que tenés que hacer es respirar y el cocohuelle se presentará.

—Su Santidad, ¿es usted?

Un cuerpo traslúcido se desliza por las calles de Humberstone, tiene un aura blanca brillante.

—Merezco respuestas, medité durante cuarenta días y cuarenta noches en ayuno.

—No hay niña, Dag.

Me postré rostro en tierra.

—¿Toda esta búsqueda fue en vano? —pregunté.

—Encontraste lo que buscabas, Dag.

—Pero no hay niña y sin embargo yo recuerdo a una, la subí sobre mis hombros en este mismo lugar.

—¿Recuerdas sus ojos? ¿Estás seguro de que no eran los tuyos?

Al fin pudo recordar. Se le hizo un nudo en la garganta.

—Estoy preparado para escribir ahora.

Sintió paz y plenitud. La búsqueda había terminado.

—Encontraste lo que perdiste, Dag.

El cuerpo traslúcido se movía como una nube, no lo miró directamente.

—Sí, Su Santidad... ¿Pero qué hay de Laura? La amé, la herí y la perdí.

—No siento a ninguna Laura.

—No puede ser. Estuvo aquí, me cuidó, me amó. Tome un trozo de mi piel y véala a través de ella.

—Despierta, Dag. En el desierto, la sed te hace ver un oasis.

—Pero... ella estuvo acá...

—Viste su luz. Esa luz que queda hasta después de la muerte.

Lloré y me quedé solo pero no desolado, podía jugar otra vez. Llorando y con los puños cerrados estaba escribiendo, después de quince años de sequía. Empezó a llover en el desierto, abrí la boca y bebí la lluvia.

Me presenté en el edificio de Milton, al principio no quería verme creyendo que yo querría mi dinero de vuelta, pero cuando vio desde la ventana el fajo de billetes que tenía en mis manos bajó a recibirme.

—Quiero una reproducción.

—¿De qué?

—De mí.

Y después llamé a los diarios para poner mis propios obituarios. Luego manejé por el desierto y vi a un hombre viviendo en medio de la nada.

—Amigo, ¿necesitás algo? —me ofrecí.

—No, no me viste aquí. Yo todavía no existo, naceré en veinticinco años —respondió.

—Suerte con eso. Yo acabo de nacer, ya te lo contaré dentro de treinta años.

Me alejé tocando la bocina y el hombre no nato agitó un pañuelo en el aire y así es como llegué hasta aquí. Vine a este pueblo porque recordé que aquí habías nacido y toqué a tu puerta.

—¿Qué haces acá?

—Vine a buscarte, espero que no sea muy tarde, Alma.

—¿Ya recuerdas mi nombre?

Ella ya no es un espejismo y está viva.

—Perdoname por haber olvidado tu nombre, por no recordar cuánto te amaba, por no haber venido a buscarte aquí antes, por haberlo echado todo a perder.

—¿Qué más recuerdas?

—Estábamos casados. Me perdí y te perdí.

—Me desconocías, te esperé por años, hasta tuve que aceptar que simplemente me dejaste de amar y me desechaste, ¿para qué viniste? ¿Quieres que me olvide del dolor? Lo único que te importaba era escribir tu historia perfecta...

—Quiero que hables en mi funeral.

—¿Cómo? No quiero que te mueras.

—No me estoy muriendo. Ya tengo la historia perfecta y quiero que vos la cuentes.

Un hombre y una mujer están sentados en la barra de un bar rutero, terminan de leer un diario y lo bajan abierto sobre la barra, el cantinero no le da importancia al título: Dag Wolbifk, el triunfo de la imaginación, 1944-1984.

—¿A dónde se dirigen? —pregunta el cantinero mientras les sirve whisky, es un hombre corpulento de largas barbas rojas, tiene un solo brazo.

—A Torres del Paine...

—...o a Viena. Todavía no sabemos —dice Alma.

—¿McKinney? —pregunta Dag señalando el bordado en su camisa—. ¿No es un apellido escocés?

—Claro, los escoceses tenemos apellidos escoceses.

—McKinney, ¿puedo preguntarte sobre tu brazo?

Alma lo codea.

—Tuve un accidente.

—Tu avión se estrelló. Sos músico.

McKinney deja todo lo que está haciendo y apoya los codos sobre la barra.

—Así que lo sabes, ¿eh? Nadie lo sabe. Estoy mejor muerto.

—No hay problema, sé lo que se siente. Dag y Alma se miran y ríen.

El fantasma y el espejismo regresan al auto y dejan atrás las lagunas altiplánicas, las aldeas, los oasis, los campos de géiseres, las termas, las casas de adobe, los valles precordilleranos, los cóndores, los flamencos, las cumbres nevadas, la vida submarina, la biblioteca subterránea, los pueblos fantasmas, las cabezas flotantes y desaparecen en la camanchaca pampina descubriendo que cada final es un comienzo.

Pro Latina Press